Sascha M. Köhler hatte schon immer eine kreati-
ve Ader, die er im privaten Bereich nutzte: Pho-
to-, Video- oder Audio-Bearbeitung sowie kleine
Texte erstellte er stets für private Zwecke. Erst
nachdem er eine Familie gründete und sesshaft
wurde, kam er auf die Idee Kurzgeschichten und
Bücher zu veröffentlichen.

Hauptberuflich arbeitet er in der EDV Industrie
und betreibt das Schreiben nur nebenbei. Er lebt
mit seiner Familie südlich von Stuttgart.

Vielen Dank an meine Familie für alles und an Natalie B. für die Ermutigungen!

Sascha M. Köhler

parallel Fall

www.tredition.de

Impressum

Arbeitstag

Scheißtelefon!, dachte Mark, als sein Apparat klingelte. Genervt schaute er von seinem Computerbildschirm auf, ergriff den Hörer und meldete sich: „Kessler?"

„Ja, Berthold hier. Störe ich gerade?"

Mark lehnte sich im Sessel zurück und seufzte. Zwar war er gerade mit Solitär beschäftigt, aber offiziell war er natürlich immer voll ausgelastet. Den Anrufer, einen gewissen Stefan Berthold mochte er irgendwie nicht. Vor 2 Wochen wurde der durch die Büros geführt. Der war einfach zu nett und glatt. Ein übermotivierter Berufsanfänger, der vielleicht eine große Karriere vor sich hatte. So viel Arbeitseifer war Mark zuwider.

Bügel ihn ab!, dachte er nur.

„Sitze gerade vor der Planung für das Tau-Projekt. Um was geht es denn?"

Gelangweilt blickte er aus dem Fenster seines Büros. Obwohl die Sonne nicht schien, hatte er die Jalousien halb herunter gelassen. Graue Wolken zogen träge dahin. Auf der Straße war der Verkehr schon relativ dicht. Immerhin, da konnte der Feierabend auch nicht mehr so lange auf sich warten.

„Oh, sorry. Wollte nur mal fragen, ob Sie schon Zeit hatten, meine E-Mail zu lesen." Berthold war eine gewisse Unsicherheit und Vorsicht anzumerken.

„Ja, natürlich", war Marks Antwort. Er erinnerte sich vage an den Eintrag in seinem elektronischen Postkorb. Seine rechte Hand lies den Mauszeiger über den Bildschirm huschen und brachte sein E-Mail-Programm in den Fokus. Zwei Mausklicks später hatte er die E-Mail von Berthold vor sich. Er überflog die ersten paar Zeilen, um sich ein Bild zu machen. Es ging wohl um einen Verbesserungsvorschlag für die Fakturierung.

So ein Streber! Ein Veränderungsvorschlag noch in der Probezeit? Hat der kein Privatleben?, schoss es Mark durch den Kopf.

„Wie wollen Sie denn eine Effizienzsteigerung genau erreichen?", fragte er. Die Frage schien die richtige zu sein. Sofort hörte man eine Veränderung in Bertholds Stimme, der nun mit Eifer seinen Vorschlag erklärte. Mark hatte Schwierigkeiten den Ausführungen zu folgen und gleichzeitig noch mehr von der E-Mail zu lesen. Irgendwann hatte er den roten Faden verloren und das Gespräch wurde richtig anstrengend.

„Ok, das klingt ganz gut", fiel Mark in den Vortrag von Berthold ein, „Können Sie das mal genauer ausführen? Vielleicht in einem

Konzept? Das wäre eine gute Diskussions-grundlage."

Mark war froh über seine Idee und in Ge-danken hatte er das Telefonat schon abge-hakt.

„Ja, na klar!", war Bertholds Antwort. Er schien Marks Desinteresse nicht zu bemer-ken. Im Gegenteil, seine Antwort schien ihn noch zu ermutigen.

„Also, ich muss dann mal weitermachen". Mark beendete das Gespräch und widmete sich seinem Rechner. Er schloss die E-Mail und brachte wieder das Kartenspiel hervor.

Nach einer weiteren Viertelstunde unpro-duktiver Zeit verriet ihm ein Seitenblick, dass sein Kaffee kalt geworden war. Ange-sichts der fortgeschrittenen Stunde – es war halb Fünf am späten Nachmittag – lohnte eine neue Tasse nicht mehr. Er fuhr seinen Computer herunter und schaltete das Licht in seinem Büro aus.

Das Bürogebäude hatte einen dicken mausgrauen Teppich, der die Geräusche dämpfte. Es roch leicht muffig, obwohl jeden Tag die Putzkräfte aktiv waren. Jedes Büro hatte eine Tür mit Milchglas. So konnten Kol-legen zwar Bewegungen erkennen, aber et-was Privatsphäre war trotzdem vorhanden. Just als er seine Bürotür schloss kam in diesem Moment seine Kollegin Astrid um die Ecke des Flurs. Wie immer, wenn er sie sah, begann sein Herz merklich schneller zu klopfen. Das lag nicht nur an der speziellen Beziehung, die er zu ihr hatte, sondern auch an Ihrer Erscheinung: sie trug meistens ein eng geschnittenes Kostüm oder einen modischen Hosenanzug und sah darin einfach sagenhaft aus.

„Hallo Frau Fuhrmann!", begrüßte er sie.

„Na, Herr Kessler!", lächelte sie ihn an.

Die ist bald wieder fällig!, schoss es ihm durch den Kopf.

Er grinste zurück und musterte ihr hübsches Gesicht. Sie hatte einen bronzefarbenen Teint und brünette Locken. Dazu noch braune Augen, dass man sie glatt für eine Südeuropäerin halten könnte. Aber der Name Astrid Fuhrmann verriet ihre Herkunft ziemlich eindeutig. Im Prinzip war Mark der Name auch egal, wenn er einem so bezaubernden Wesen gehörte. Sie stellte sich recht dicht vor ihn – nicht zu dicht fürs Büro, aber dicht genug, dass er ihr Parfum riechen konnte und schaute zu ihm auf.

„Bin gerade erst zurück, hatte einen Termin", flötete sie.

„Ich wollte gerade Feierabend machen", stellte er das offensichtliche fest. „Vielleicht können wir Morgen ja mal zusammen essen gehen?"

„Sehr gerne! Ruf mich einfach an!"

Nach einem weiteren verführerischen Blick und einer gehauchten Verabschiedung schwebte sie zu ihrem Büro. Am liebsten hätte er sie geküsst, aber hier im Büro mussten sich beide zurückhalten. Mark überlegte, ob er Morgen wieder eine lange Mittagspause einlegen konnte. Alle seine Projekte mussten in der Vergangenheit schon unter dieser Affäre leiden, aber das war ihm egal.

Mark grinste in sich hinein, als er sich ausmalte, was er Morgen mit Astrid anstellen würde. Gedankenverloren nahm er den Lift ins Erdgeschoss und marschierte Richtung Parkplatz.

Er steckte sich eine Zigarette an und nahm die Fahrt nach Hause nur teilweise wahr. Trotz Stau und vieler Ampeln war er mit den Gedanken bei Astrid. Er wunderte sich, als er in die Straße einbog, wo seine Mietwohnung lag – vom Nachhauseweg hatte er gar nichts mitbekommen. Erst als er vor seiner Haustür stand, wurden seine Gedanken auf etwas anderes gelenkt: Am Wochenende würden seine Eltern zu Besuch kommen und das war kein Termin, der bei ihm Vorfreude auslöste. Das waren immer anstrengende Stunden für ihn, die er am liebsten im Zeitraffer erleben würde.

Mit einem Seufzer öffnete er die Tür und trat ein. Deutlich hörbar lief der Fernseher. Veronika war also schon da und sah irgend-eine Seifenoper.

Muss die immer schon zu Hause sein?, är-gerte er sich.

Noch in seinen Straßenschuhen betrat er das Wohnzimmer und spähte hinein.

„Hallo Schatz! Wie war Dein Tag?", wollte Veronika wissen. Sie trug eine blaue Jogging-hose und ein einfaches weißes T-Shirt.

„Geht so."

„Hast Du Hunger? Ich habe uns einen Sa-lat gemacht."

„Danke, aber ich habe keinen Hunger!", entgegnete er. Das entsprach nicht ganz der Wahrheit. Aber Mark hatte einfach keine Lust auf gesunde Rohkost.

Er ließ sich aufs Sofa fallen und starrte geistesabwesend auf die Mattscheibe.

„Hast Du schon bei der Arbeit gegessen?"

Mark erinnerte sich an die Mittagspause, die er mit der neuen Auszubildenden ver-bracht hatte. Ewig musste er dafür herum graben, nur um beiläufig herauszufinden, dass die „sehr glücklich" mit ihrem Freund war. Na großartig!

„Ja, mit ein paar Kollegen war ich beim Italiener."

„Na schön, dann esse ich eben allein."

Ihre Stimme klang etwas enttäuscht. In der Werbepause stand sie auf und ging in Richtung Küche. Mark saß immer noch in seiner Jacke und in Schuhen vor dem Fernseher. Obwohl sich nichts sonst regte, nahm er die Fernsehbilder kaum wahr. Kaugeräusche von links sagten ihm, dass Veronika wieder ihren Platz eingenommen hatte. Es roch nach Gewürzen und frischen Salatblättern. Mark schaute herüber und musterte seine Partnerin. Sie war wieder ganz in die Flimmerkiste versunken und stach blind mit der Gabel in den Salat. Ihre dunklen Haare waren hinten zu einem Pferdeschwanz zusammengebunden und sie trug ihre bequeme Wohlfühl-Kleidung. Ihr Teint war sehr hell und ihr rundlicher Körper wurde von der Kleidung gut versteckt. Vor langer Zeit war er mal verrückt nach Ihr gewesen. Aber jedes Mal, wenn er sie ansah, verglich er sie nur mit Astrid oder anderen Frauen, die er kannte. Dabei zog Veronika stets den Kürzeren.

„Gehst Du heute Abend zum Training?", wollte sie wissen.

Mark überlegte kurz: ein Abend mit Veronika vor dem Fernseher gegen einen Abend mit den Trainingskollegen, einem Ball hinterher jagend. Eigentlich hatte er auf beides keine Lust.

„Ja, auf jeden Fall!", erwiderte er.

Kurze Zeit später stand er auf und ging ins Schlafzimmer, um seine Sporttasche zu packen. Früher war er ein passabler Volleyballer, aber mittlerweile hielt sich seine Motivation in Grenzen. Durch sein merklich gestiegenes Körpergewicht war er auch nicht mehr so spritzig und hatte deutlich mehr Mühe, dort zu stehen, wo der Ball hinkam. Egal, Hauptsache es machte ihm noch Spaß und sorgte für etwas Ablenkung.

Nachdem er seine Tasche in Zeitlupentempo gepackt hatte, kehrte er ins Wohnzimmer zurück. Auf dem TV-Schirm lief ein Boulevardmagazin. Veronika wollte ihn in ein Gespräch verwickeln, aber Mark wollte einfach nur seine Ruhe haben. Er stahl sich in die Küche und naschte ein paar Stücke Schokolade. Obwohl die Küche kein gemütlicher Raum war, setzte er sich an den kleinen Tisch dort. Er las etwas Zeitung, um die Zeit zu erschlagen.

Einige Zeit später war er unterwegs auf der Straße und fuhr den altbekannten Weg in einen anderen Stadtteil zu der großen

Schulsporthalle. Viele Bäume umrahmten das Gelände, das Mark so gut kannte. Als er selbst früher hier zur Schule ging kam ihm alles viel größer vor. Das Gefühl, was diese Schule bei ihm auslöste war ein Merkwürdiges: teilweise war ihm heimelig und er fühlte sich zu Hause. Andererseits beschlich ihn eine gewisse Beklommenheit, weil er nach so vielen Jahren immer noch dieselbe Institution besuchte – wenn auch aus einem anderen Grund als früher.

Auf dem Parkplatz standen schon zwei Autos, die er kannte: die Fahrzeuge von Thorsten und Erika. Beide standen rauchend neben der Eingangstür. Thorsten war ein sympathischer Kerl, Mitte Dreißig und eigentlich zu gut für diese Mannschaft. Wenn er den Ball halbwegs gut zugespielt bekam, dann machte sein Team häufig den Punkt. Mit seiner imposanten Größe von Eins Neunzig war er gefürchtet am Netz und doch unheimlich beweglich. Erika stellte den kompletten Gegenentwurf dar: sie wirkte eher klein und plump. Im Spiel stellte sie sich tapsig an. Nach spätestens drei Ballwechseln erkannte das auch sofort jede gegnerische Mannschaft. Das einzig spritzige an ihr waren die kurzen, roten Haare. Sie stellte so etwas wie die Seele der Mannschaft dar – oder spöttisch ausgedrückt das Maskottchen.

Als er den Motor abstellte bemerkte er überrascht eine weitere Person neben den beiden. Dieser unterhielt sich angeregt mit Erika.

Hat Erika etwa einen neuen Freund? Es geschehen doch noch Wunder!, dachte er.

„Hallo Leute!", begrüßte Mark die Runde. Er gesellte sich zu den Dreien und wollte ebenfalls noch eine Zigarette vor dem Training rauchen.

Mit einem Lächeln wurde er empfangen und alle schüttelten einander die Hände.

„Darf ich vorstellen: das ist Eymen!", verkündete Erika mit ihrer mädchenhaften Stimme.

Als er ihm die Hand reichte, musterte Mark den Unbekannten genauer. Er sah nicht so hochgewachsen aus wie Thorsten, wirkte aber sehr drahtig und energiegeladen. Er hatte dunkles Haar und dunkle Augen. Äußerlich passte er überhaupt nicht zu Erika, fand Mark.

„Hallo Mark!", trompetete Eymen.

Seine Hände waren trotz des kalten Herbstwetters warm und sein Händedruck sehr fest. Er grinste über beide Ohren. Dabei zeigte er strahlend weiße Zähne.

„Möchtest Du mal ein Probetraining mitmachen?", wollte Mark wissen.

„Ja, genau. Ich arbeite mit Erika zusammen und sie hat mir von Eurem Verein erzählt."

Also doch nicht ihr Stecher, dachte Mark.

„Hast Du schon einmal gespielt?"

„Nur während des Studiums. Mal sehen, ob ich es noch kann", erwiderte der Neue bescheiden.

Als die Zigaretten aufgeraucht waren setzte sich der kleine Trupp Richtung Umkleiden in Bewegung. Mark erfragte noch ein paar weitere Informationen und Eymen gab bereitwillig Auskunft über Job, Familiensituation und weitere sportliche Aktivitäten. Demnach war er erst seit einem halben Jahr in der Stadt. Gleich nach dem Studium fing er im Labor an zu arbeiten, bei dem auch Erika beschäftigt war. Er war Single und hielt sich mit Laufen und Schwimmen fit.

Kaum hatten sie sich in der Kabine umgezogen hatte Mark schon die komplette Lebensgeschichte von Eymen gehört. Er hatte sich noch kein abschließendes Urteil gebildet, obwohl er Eymen nicht unsympathisch fand. Vielleicht hatten sie ja Glück und Eymen erwies sich als der Typ Spieler, der der Mannschaft noch gefehlt hatte. Nachdem die anderen Spielerinnen und Spieler eingetroffen waren, wurden die Netze aufgebaut und es ging los.

Knapp anderthalb Stunden später war Mark fertig. Das Trainingsspiel hatte seine Hälfte des Teams knapp gewonnen. Marks Vermutung hatte sich bestätigt: Der Neue war super! Zufrieden und erschöpft plumpste er nach der Trainingseinheit auf die Bank in der Umkleide. Immer noch triefte der Schweiß aus allen Poren. Er konnte praktisch die Glückshormone in seinem Inneren spüren.

„Kommst Du noch mit auf ein Bier?", wollte Thorsten wissen.

Mark wollte Morgen topfit sein und brauchte seinen Schlaf. Andererseits hatte er Bierdurst und konnte mit dem Umtrunk die Chance erhöhen, dass Veronika bei seiner Rückkehr schon schlief.

„Warum nicht?", entgegnete er.

Fast die halbe Mannschaft kam mit und sie saßen dann noch bis kurz vor Mitternacht zusammen, bevor der erste auf die Uhr schaute. Mark war bettreif und leerte sein drittes Bier. Er verstand sich gut mit Eymen, der von allen wunderbar akzeptiert wurde. Der Neue war auch neben dem Platz eine gute Ergänzung der Mannschaft. Wenn er wirklich dabei blieb, könnte er das Team gut verstärken. Mark malte sich aus, wie er mit Hilfe von Eymen die Mannschaft aus dem Tabellenmittelfeld in die oberen Plätze der Liga führen könnte. Das war ein schönes Gedankenspiel. Er stieß auf und war hundemüde. Nach der Zeche verabschiedete er sich und ging. Auf der Fahrt nach Hause musste er sich richtig auf den Verkehr konzentrieren, um nicht einzuschlafen. Weit nach Mitternacht fiel Mark todmüde ins Bett.

Vorstellungsgespräch

Noch einmal durchatmen! Du schaffst das schon!, motivierte Mark sich.

Er wartete 5 Sekunden vor der Tür des Büros, aber es fühlte sich wie eine halbe Ewigkeit an. Mit einem tiefen Seufzer öffnete er die Tür. Vor ihm tat sich ein nüchterner Raum ohne Überraschungen auf: ein Schreibtisch, zwei Stühle, ein Aktenschrank und ein weiterer, kleiner Tisch mit zwei Stühlen. An der Wand hing ein Poster der Firma mit motivierenden Sprüchen.

Eigentlich also ein harmloses Büro – Mark fühlte sich jedoch wie vor der spanischen Inquisition. Und der Inquisitor, ein Herr Greiner von der Personalabteilung, stand gerade auf, um ihn zu begrüßen.

„Ah, Herr Kessler! Kommen sie doch herein". Herr Greiner hatte eine tiefe, ruhige Stimme. Er war untersetzt und trug einen Vollbart. Sein gemütliches Äußeres beruhigte Mark irgendwie. Er betrat den Raum und schüttelte dem Personaler die Hand.

Nach den üblichen Floskeln setzten sich beide an den kleinen Tisch. Eine dampfende Kaffeetasse verbreitete angenehme Gerüche. Marks Gegenüber hatte die Bewerbungsunterlagen vor sich. Mark bemerkte, dass es eine Kopie war und sah einige hand-schriftliche Notizen auf dem Dokument.

Nach kurzer Zeit merkte er, dass er lang-sam ruhiger wurde. Herr Greiner setzte ihn nicht unter Druck und er fühlte sich gut vor-bereitet: Geschichte der Firma, Niederlas-sungen, Geschäftsfelder – alles hatte er sich vorher gut eingeprägt. Sogar die Unterneh-mensphilosophie hatte er sich aufgeschrie-ben und verinnerlicht. Nichts davon wurde abgefragt. Stattdessen erkundigte sich sein Gegenüber nach Marks Vorlieben, was er als seine Stärken sah und wo er sich in fünf Jah-ren wähnte. All das hatte er mit Benjamin mehrfach geprobt. Wollte ihn sein Ge-sprächspartner lediglich in Sicherheit wie-gen? Das Gespräch ging in dieser Richtung weiter. Aber auch nach gefühlt vielen Minu-ten kam keine überraschende Frage.

Oder war der Typ nur nett? War etwa schon längst ein Bewerber ausgesucht wor-den? Mark grübelte und wischte diese de-struktiven Gedanken beiseite. Vielleicht soll-te er noch mehr Initiative in dem Gespräch zeigen? Er hatte sich offene Fragen überlegt und brachte nun ein paar davon vor. Auch in dieser Phase wirkte der Interviewer ent-spannt und nicht aggressiv. Als schon alles gesprochen war, stellte Mark dann die Gehaltsfrage. Er wusste, dass er sie bringen musste, um ein gewisses Selbstbewusstsein zu demonstrieren. Der Personaler äußerte sich vage und faselte etwas von Bandbreiten und marktangepassten Vergütungen. Schließlich neigte sich das Gespräch dem Ende zu. Herr Greiner stand auf und Mark gab artig die Hand.

Beim Verlassen des Büros wurde ihm freundlich zugenickt und dann schloss er die Tür hinter sich. Mark pustete übertrieben die Luft aus seinen Lungen. Ihm fiel ein Stein vom Herzen. So viel hatte er sich über das Gespräch Gedanken gemacht, aber es war bei weitem nicht so schlimm, als er erwartet hatte. Ein Blick auf seine Uhr verriet ihm, dass es tatsächlich fast fünfundvierzig Minuten waren, die er eben erlebt hatte. War das zu kurz oder genau die richtige Länge? Der Mann hatte sich mit einem Lächeln verabschiedet. Das war sicherlich ein gutes Zeichen. Allerdings hatte er keine Ahnung, ob das Gespräch jetzt eben gut oder nur normal gelaufen ist. Was hieß schon „normal"?

Draußen vor dem Bürogebäude sog Mark tief die Luft ein. Es war ein kalter Apriltag und die Sonne kämpfte sich durch die Wolkendecke. Er überlegte kurz, ob er sich ein Taxi gönnen sollte, schlenderte aber dann doch zur nahen gelegenen Bushaltestelle. Die Kälte machte ihm heute nichts aus, denn er war noch ganz aufgeheizt durch das Vorstellungsgespräch. Immer noch konnte er sich keinen Reim darauf machen: war es jetzt gut oder nicht gut gelaufen? Immerhin hatte er keine katastrophalen Fehler gemacht oder gar eine peinliche Situation heraufbeschworen. Dies war erst das dritte Bewerbungsgespräch gewesen, welches er absolviert hatte. Beim ersten Mal lief alles schief: nur mit Mühe war er pünktlich erschienen und der Anreisestress damals wirkte sich nicht gerade positiv aus. Das Unternehmen war in einer anderen Stadt und sein Zug hatte Verspätung. Also musste er in den sauren Apfel beißen und ein Taxi bemühen, was ihn ein Heidengeld kostete. Das Interview lief dann sehr kühl ab und Mark rechnete sich schon nach wenigen Minuten keine Chancen auf den Job mehr aus. Die Absage kam dann auch überraschend prompt ein paar Tage später in seinen Briefkasten geflattert.

Interview Nummer zwei lief dagegen schon etwas besser. Dieses Mal hatte er genügend Zeit eingeplant und war schon eine halbe Stunde eher vor Ort. Das Gespräch führte die Personalverantwortliche und ein Abteilungsleiter. Die Frau war sehr charmant und der Typ sagte fast nichts. Als er damals das Gesprächszimmer verließ, hatte er ein ganz gutes Gefühl gehabt. Zumindest so lange, bis er im Warteraum einen Mitbewerber um die Stelle erblickte. Dieser war wohl direkt nach ihm an der Reihe, denn er saß auf demselben Stuhl wie Mark eine knappe Stunde zuvor. Ein braungebrannter riesiger Typ. Als sie sich kurz begrüßten, erkannte Mark einen österreichischen Akzent. Er erfuhr nie, ob dieser Mann die Stelle bekommen hatte, aber er hielt es für nicht unwahrscheinlich. Die Absage jedenfalls kam ein paar Wochen später und er stand wieder mit leeren Händen da.

Er schaute an sich herunter, während er auf den Bus wartete. Sein Anzug saß gut und man sah ihm nicht sofort an, wie billig er war. Das hellgrüne Hemd passte dazu und setzte einen farblichen Akzent. Allerdings kratzte die dünne Hose und war kein wirklicher Schutz vor der Kälte, die sich langsam bemerkbar machte. Als der Bus endlich ankam war Mark erleichtert. Kurzerhand kaufte er ein Ticket in den Stadtteil, wo Kerstin ihre Wohnung hatte. Sie belegte zwar denselben Studiengang wie Mark, hatte aber zwei Semester später angefangen als er. Im Moment bereitete sie sich noch auf Ihre Zwischenprüfung vor.

Kerstin hatte er klassisch auf einer Studentenparty kennengelernt. Schon die Art wie sie tanzte hatte ihn damals völlig elektrisiert. Als er sie ansprach konnte er gar nicht fassen, wie leicht alles war. Die ausgelassene Stimmung damals trug sicherlich dazu bei, dass sie nur eine halbe Stunde später knutschend vor dem Wohnheim landeten. Sie nahm ihn dann mit in ihre Wohnung und die darauf folgende Liebesnacht war die bisher schönste seines Lebens gewesen.

Genau vor dieser Wohnung stand er nun und klingelte ungeduldig. Nichts regte sich und das verwunderte Mark doch etwas. Hatte er nicht ihr rotes Auto im Vorbeigehen erspäht? Er seufzte und probierte es noch einmal. Zum Warten war es ihm zu kalt, so dass er schweren Herzens in die Richtung stapfte, aus der er gerade erst gekommen war, um den Bus zum Wohnheim zu nehmen.

Endlich zu Hause angekommen zog er sich bequeme Sachen an und schaute erst einmal in den Kühlschrank nach etwas essbarem. Leider gab das Kühlmöbel nicht viel her und Mark musste sich mit einem abgelaufenen Joghurt begnügen. Kaum hatte er sich in das winzige Wohnzimmer gesetzt, stürmte schon sein bester Freund Ben ins Zimmer.

„Wie lief es?", wollte er wissen.

„Ich weiß nicht genau. Ich glaube es war ganz gut!", erwiderte Mark unsicher.

„Hat er Dich nicht auseinandergenommen?", grinste Ben ihn an.

„Iwo, der hat mich behandelt wie ein rohes Ei."

Mark erzählte Ben in allen Einzelheiten von dem Gespräch und dieser lauschte interessiert. Das war eine seiner vielen, großartigen Eigenschaften: Ben konnte sehr gut zuhören und freute sich auch wirklich über den Erfolg des anderen. Während Mark erzählte nickte Ben zustimmend und grinste dabei.

„Das klingt doch ganz vielversprechend!", meinte er, nachdem Mark seinen Vortrag beendet hatte, „Wann wollen die sich melden"?

„Hat der Typ nicht genau gesagt", erwiderte Mark.

Ben erhob sich und klopfte Mark auf die Schulter.

„Gut gemacht! So, ich muss jetzt zu Marit."

Er grinste schon wieder und seine Freude war ihm deutlich anzusehen. Ben war seit Kurzem mit Marit zusammen und verhielt sich immer noch wie ein Teenager. Für sie ließ er sogar sein Studium im Stich – wenn auch nur für ein paar Stunden. Denn für das Studium tat Ben einfach alles. Egal ob gutes Wetter draußen war oder eine tolle Party stattfand – Ben saß in den meisten Fällen an seinem Schreibtisch und lernte. Oder er war in der Vorlesung zu finden. Oder in der Bibliothek. Mark schätzte sich glücklich, dass er zu dem auserwählten Personenkreis gehörte, der Ben immer stören durfte.

Schließlich hörte er die Haustür ins Schloss fallen und war wieder allein. Draußen war es dunkel geworden und ein Blick auf die Uhr verriet ihm, dass es mittlerweile nach Acht war.

Er griff zum Telefon und wählte auswendig die Nummer von Kerstin. Erst nach dem vierten Klingeln hob sie ab.

„Jaa?", meldete sie sich mit gedehnter Stimme.

„Hallo Süße, wie geht es Dir?"

„Gut, danke. Du, meine Freundin ist gerade hier. Können wir Morgen telefonieren?"

Enttäuscht verzog Mark das Gesicht.

„Ich hatte heute mein Vorstellungsgespräch", erinnerte er sie.

„Ah, super. Wie lief es?"

In Kurzform berichtete er und hörte sich zum Teil dieselben Sätze sagen wie vorhin.

„Klingt doch toll. Ich rufe Dich Morgen an, okay?"

„Na klar, Dir noch einen schönen Abend!", verabschiedete er sich.

Nach dem Telefonat bedauerte Mark, dass er seiner Freundin nicht hatte persönlich berichten können. Wobei das auch typisch für Kerstin war: sie konnte zwar auch zuhören, aber es musste ihr schon in den Kram passen. Diese nicht so positive Charaktereigenschaft machte sie dann mit ihrem Charme wett. Vom Arbeitseifer her war sie der komplette Gegenentwurf zu Ben. Sie ließ sich leicht ablenken und war immer für jeden Spaß zu haben. Eigentlich ein Wunder, dass sie ihre Prüfungen immer passabel schaffte. Allerdings hatte sie auch immer Hilfe in der Vorbereitung. Ein Anflug von Eifersucht blitzte in Marks Gedächtnis auf, wenn er daran dachte, wie sich Kerstins Kommilitonen fast darum prügelten, ihr zu helfen. Bei ihrem Aussehen war das leicht nachvollziehbar.

Wobei er sich diesbezüglich nicht beschweren durfte: Er selbst konnte auch immer auf die Hilfe seines besten Freundes zählen. Einige Prüfungen hätte er ohne Bens Zutun nicht geschafft. Selbst bei kompliziertesten Sachverhalten schaffte sein bester Freund es immer, Mark alles zu erklären. Er war sozusagen sein privater und exklusiver Professor, der ihn für jede Klausur drillte. Als guter Nebeneffekt konnte Ben während seiner Erläuterungen den Stoff auch selbst besser verinnerlichen.

Mark grübelte, ob er noch an seiner Hausarbeit schreiben sollte. Er überwand seinen inneren Schweinehund und schaltete seinen PC an. Obwohl seine Konzentration so spät am Abend merklich nachließ, brachte er innerhalb einer halben Stunde eine ganze Seite fertig. Zufrieden betrachtete er sein Dokument, welches es auf stolze Siebzehn Seiten brachte. Noch ein Titelblatt, ein Inhaltsverzeichnis und etwas Schnörkel und dann waren die geforderten Zwanzig Seiten komplett. Er speicherte alles doppelt und nutzte sogar eine Diskette für eine extra Sicherheitskopie. Dann fuhr er die Maschine herunter und gähnte. Zum Abschluss des Tages gönnte er sich noch eine heiße Dusche und ging tief entspannt ins Bett.

Elternbesuch

Riecht ganz gut, dachte Mark als er sich die Hände wusch.

„Schatz, kannst Du bitte den Tisch decken?", fragte Veronika. Sie war gerade mit der Sauce beschäftigt und behielt trotz mehrerer, dampfender Kochtöpfe die Übersicht.

Mark stapfte in die Küche und holte Teller und Besteck hervor.

„Bitte geb Dir Mühe mit den Servietten!", wies sie ihn an. Sie hatte extra blaue Servietten aus Stoff für den Anlass besorgt.

Mürrisch schleppte er die Utensilien ins Esszimmer und bereitete den Tisch vor. Seine Motivation dabei hielt sich in Grenzen. Er hatte nichts gegen seine Eltern, aber am liebsten sah er sie auf Fotos. Ihre Gesellschaft wollte er nicht länger als nötig ertragen.

„Ziehst Du Dich noch um?"

Veronika war hinter ihm erschienen. Sie trug bereits vorzeigbare Kleidung und hatte sich dezent geschminkt. Ihre Beine steckten in einer Stoffhose und dazu hatte sie eine weiße Bluse mit dezentem Ausschnitt an. Nickend verschwand Mark im Schlafzimmer, um sich ein Hemd anzuziehen. Seine Eltern wohnten nur eine halbe Autostunde entfernt. Trotzdem sahen sie sich nicht sehr oft. Mark schaffte es immer, von sich das Bild eines auch in der Freizeit voll beschäftigen, umtriebigen Menschen zu zeichnen.

Sein Vater war bis zur Pension Beamter gewesen und hatte nicht schlecht verdient. Sie wohnten in einem kleinen Eckhaus am Stadtrand und genossen Ihren Ruhestand. Seine Mutter hatte als Bürokraft gearbeitet und war nach seiner Geburt nie wieder in ihren Job zurückgekehrt. Als Mark damals in die Schule ging, nahm sie einen Teilzeitjob als Kassiererin im Supermarkt an.

Gerade hatte er sich umgezogen, als es schon an der Tür klingelte. Gedämpft hörte Mark Schritte im Treppenhaus und dann die üblichen Begrüßungsfloskeln.

Es kostete ihn fast schon Überwindung den Flur zu betreten. Sein Vater grinste ihn an und umarmte ihn überschwänglich, während seine Mutter schon im Gespräch mit Veronika war. Sie taten fast so, als wenn sie sich ein halbes Jahr nicht gesehen hätten. Wann war eigentlich das letzte Treffen gewesen? Er wusste es nicht und die Antwort interessierte ihn nicht wirklich.

Kurze Zeit später saßen alle am Esstisch und Veronika brachte die Schüssel mit der Vorsuppe herein. Mark hatte Mühe Interesse am Gespräch zu zeigen. Sein Vater erzählte begeistert von seinem neuen Wohnwagen, den er sich zugelegt hatte.

„Weißt Du noch, wie wir damals in Frankreich unterwegs waren?", wollte er wissen.

Wenn sein Vater sich an die Vergangenheit erinnerte, dann brachte das meistens irgendwelche halbwegs peinlichen Anekdoten zutage. Veronika kannte zwar schon alle, aber sie konnte sich immer wieder darüber amüsieren. Immerhin hatte sie wenigstens ihren Spaß. Mark dagegen wünschte sich, dass der Besuch möglichst schnell vorüber ging. Er hörte seinen Vater über die Vergangenheit sprechen und erinnerte sich an das Missgeschick von damals, als er auf dem Weg in ein Restaurant aus Versehen in einen Hundehaufen tappte. Weil die Schuhe so eklig stanken zog er sie aus und lief dann barfuß umher. Ihm war das unendlich peinlich gewesen.

„Noch etwas Wein, Vater?", versuchte Mark ein Ablenkungsmanöver.

„Da sage ich nicht Nein!", erwiderte der Angesprochene und streckte Mark sein Glas entgegen. „Mit dem Rebensaft hast Du ja auch so Deine Erfahrungen...!"

Es folgte eine weitere Geschichte, in der es um eine Hochzeit ging, bei der Mark den Traubensaft für die Kinder mit Wein verwechselte.

Diese Verwechslung damals geschah allerdings mit voller Absicht, weil Mark damals neugierig auf Alkohol gewesen war. Das hatte er natürlich nie zugegeben. Als Preis dafür musste er sich nun immer wieder diese lustige Geschichte anhören. Auch seine Mutter musste grinsen.

„Ja – mein Sohn!", sagte sie nur und schüttelte dabei lächelnd den Kopf.

„Wo wir gerade von Hochzeit sprechen...", fing auf einmal sein Vater an. Er machte eine bedeutungsvolle Pause, „Wann geht es denn mal bei Euch los?"

Damit hatte Mark nicht gerechnet. Er war verärgert, dass seine Eltern ausgerechnet dieses Thema so offen ansprachen. Veronika musterte ihn genau und Mark wollte sich keine Blöße geben.

„Zu gegebener Zeit werdet Ihr das dann als erstes erfahren!", erwiderte Mark mit fester Stimme. Zur Unterstreichung nahm er einen tiefen Schluck aus seinem Bierglas und versuchte das Thema gleich ad acta zu legen. Aber sein Vater ließ nicht locker.

„Wie lange seid ihr beiden jetzt zusammen?", wollte er noch einmal in Erinnerung rufen.

Natürlich kannte er die Antwort auf diese Frage bereits.

„6 Jahre", antwortete Veronika. Ihre Stimme klang neutral, aber Mark kannte ihre wirkliche Meinung.

Hielt die Beziehung tatsächlich schon so lange? Er hatte überlegen müssen und erinnerte sich noch, wie sie einander kennengelernt hatten. Die Beziehung mit Kerstin war gerade vorbei und Mark war noch gar nicht über sie hinweg. Das war eine schwierige und dunkle Phase in seinem Leben. Seine Gedanken schweiften noch weiter ab in die Vergangenheit und auf einmal hatte er wieder das lachende Gesicht seiner Exfreundin vor sich. Da bemerkte er, wie ihn alle drei anschauten.

„Dann lasst uns darauf anstoßen". Mark hob sein Glas empor. Die anderen taten ihm nach und tranken.

Die Frage seines Vaters stand immer noch im Raum. Schließlich sah er sich genötigt, das Thema vom Tisch zu fegen.

„Wir möchten uns da gar nicht unter Druck setzen lassen".

Absichtlich hatte er für sie beide gesprochen.

„Damit wollen wir es jetzt gut sein lassen!"

Sein Tonfall deutete an, dass er jetzt das Thema für beendet ansah. Ein unangenehmer Moment der Stille trat ein. Seine Mutter kam ihm zu Hilfe, als sie etwas völlig Belangloses fragte. Innerlich atmete Mark auf, als sich das Gespräch langsam woanders hin entwickelte.

Nachdem seine Eltern aus dem Haus waren rauchte Mark eine Zigarette auf dem Balkon. Es war sehr kalt, aber das machte ihm nichts aus. Veronika erledigte drinnen den Abwasch. Er hörte wie sie näher kam und zu ihm hinaustrat.

Ohne sich umzudrehen konnte er ihren Blick auf seinem Rücken spüren.

Erst nach ein paar Augenblicken fragte sie: „Warum warst Du vorhin so genervt?"

Er hielt nur ganz kurz inne und räusperte sich.

„Ich mag halt die Geschichten aus meiner Vergangenheit nicht."

„Das meine ich nicht. Ist es so eine abwegige Vorstellung, mit mir verheiratet zu sein?"

Sie bemühte sich, ihre Stimme neutral klingen zu lassen. Sie wusste, wie sehr Mark überzogene Emotionen hasste. Aber der leicht gekränkte Unterton ihrer Stimme war nicht zu überhören.

Mark sagte nichts, sondern überlegte fieberhaft. Ihre Frage war absolut berechtigt. Jetzt konnte er nicht den bockigen Junggesellen herauslassen, sondern musste sich etwas anderes überlegen. Zwar fielen ihm viele Gründe ein, warum er Veronika nicht zur Frau wollte. Aber keinen davon wollte er ihr direkt ins Gesicht sagen.

Er drückte seine Zigarette im Aschenbecher aus und drehte sich langsam um.

„Es läuft doch alles gut. Warum möchtest Du jetzt etwas ändern?"

Sie stand vor ihm und ihre Augen waren leicht glasig.

„Ich möchte nichts ändern", erwiderte sie. „Aber ich würde gerne wissen, wo unsere Beziehung hinführt."

Veronika war nah am Wasser gebaut. Aber sie schaffte es, nicht zu weinen.

Mark verschränkte die Arme vor der Brust und sah sie herausfordernd an. Die Tatsache, dass sie Recht hatte, verursachte ihm ein unbehagliches Gefühl. Ihm war klar, dass er sich nicht ewig in Ausflüchte retten konnte. Das hatte in der Vergangenheit immer gut funktioniert. Veronika war zwar nicht sehr fordernd, aber sie war auch nicht dämlich. Nun aber schien es so, als wenn sie ganz offen darüber reden wollte. Wohin die Beziehung führte wusste er allerdings auch nicht.

„Bist Du unglücklich?"

„Nein, bin ich nicht."

Sie schüttelte den Kopf.

„Na also!", triumphierte er. „Warum sollen wir uns durch eine teure Hochzeit in Schulden stürzen!"

„Wie? Liegt es etwa am Geld?", fragte sie erstaunt.

Mark hatte den monetären Aspekt gar nicht sonderlich betont. Jetzt aber war er erleichtert über seine Äußerung.

„Na klar! Was sonst?"

Wie so oft schaffte er es, seine Stimme und seine Gestik glaubwürdig wirken zu lassen. Er machte einen Schritt auf sie zu und berührte sie am Arm.

„Wie sollen wir das bezahlen?"

Sie schien erleichtert über diese Begründung und umarmte ihn.

„Ich könnte meine Eltern fragen, ob sie uns Geld leihen... ", fing sie an.

„Kommt gar nicht in die Tüte! Wir leben ja nicht im Mittelalter mit Mitgift und allem. Wenn, dann will ich das selbst bezahlen."

Er hielt sie fest im Arm, damit er sie nicht anschauen musste. Sie standen noch einen Augenblick so da und für Mark war das Thema bis auf weiteres erledigt. Aber Veronika machte noch einen Versuch.

„Dann sollten wir wohl mal anfangen mit sparen."

„Ja, das machen wir!", entgegnete er.

Gerade noch gerettet, dachte er. Sie lösten sich voneinander und er ging ins Wohnzimmer.

Später im Bett kuschelte sich Veronika an ihn. Sie streichelte seinen Bauch und war in einer zärtlichen Stimmung. Mark war immer noch erleichtert darüber, seinen Kopf vorerst aus der Hochzeitsschlinge gezogen zu haben. Er ließ sich die Aufmerksamkeit seiner Partnerin gefallen.

„Liebst Du mich?", wollte sie wissen.

„Natürlich".

Sie küsste ihn zärtlich und Mark spürte, dass sie heute Nacht mehr wollte. Obwohl er überhaupt keine Lust auf Sex mit ihr hatte, ließ er sich auf den Kuss ein. Er spürte, wie plötzliche Erregung in ihm aufkam und fasste ihr an den Busen. Sie stöhnte leise und gab sich ihm hin. Der Akt war intensiv aber recht kurz. Ein paar Minuten später war schon alles vorbei.

Mark rollte sich auf seine Seite und starrte in der Dunkelheit an die Decke. Das Zimmer roch nach seinem Samen und Veronika tapste durch das Dunkel ins Badezimmer. Er verschränkte die Arme hinter seinem Kopf und dachte über die Situation nach. Damals hatte Veronika ihm sehr geholfen, über seine gescheiterte Beziehung mit Kerstin hinwegzukommen. Vom Charakter und Aussehen her war sie das komplette Gegenteil seiner Ex. Vielleicht war es das, was ihn in ihre Arme getrieben hatte. Er hatte sich bei ihr auskotzen können und sie hatte geduldig alles angehört. Als seine Trauerphase damals vorüber war, teilten sie auch weiterhin ihre Freizeit und das Bett miteinander. Im Prinzip hatte sich seitdem nichts Grundlegendes geändert. Der größte Schritt aufeinander zu war der Bezug einer gemeinsamen Wohnung. Damals musste Veronika ihre kleine Mietwohnung wegen Eigenbedarf des Mieters verlassen. Aus Marks Sicht war die gemeinsame Wohnung eher eine geldsparende Maßnahme gewesen. Da er seinen Lebensstil keineswegs änderte, hatte er immer noch genügend Zeit für sich, seine Freunde und seine Hobbys.

Er bemerkte, wie Veronika aus dem Bad zurück kam und stellte sich schlafend. Sie hauchte noch ein „Gute Nacht!" zu ihm herüber, aber er blieb still. Stattdessen dachte er darüber nach, was er für Gefühle ihr gegenüber wirklich hatte. Die große Liebe war sie definitiv nicht. Aber war es mehr als nur Bequemlichkeit, die ihn an sie band? Er drehte sich auf die Seite um und dachte an Astrid. Schon bald verschwammen ernste Überlegungen über seine Partnerin mit erotischen Fantasien über seine Geliebte. Und mit den Bildern von Astrid in sexy Dessous schlief er schließlich ein.

Prüfungsvorbereitung

Leise war ein Vogelgezwitscher zu hören. Mark schaute aus dem Fenster: Er sah saftig grüne Bäume und gepflegte Rasenflächen. Durch das geöffnete Fenster strömte frische Luft und Verkehrsgeräusche aus der Ferne war zu vernehmen. Diese Eindrücke nahm Mark aber gar nicht wahr. Stattdessen konzentrierte er sich gedanklich auf die Formel, die er für die vor ihm liegende Aufgabe benutzen musste. Benjamin saß neben ihm und wartete geduldig, bis er sich wieder regte. Beide saßen an Marks Schreibtisch in seinem kleinen Zimmer mit der schlichten Raufasertapete und der kargen Einrichtung.

„Irgendwie habe ich einen Blackout!", gab Mark kleinlaut zu bedenken.

„Pass auf, Du brauchst diese Formel", entgegnete Benjamin und kritzelte etwas auf Papier.

Mark beobachtet ihn von der Seite. Während er schrieb, bewegte er lautlos die Lippen, als wenn er sich selbst etwas vorsagte. Benjamin hatte einen großen Mund, daher fiel es sofort auf, wenn sich seine Lippen in Bewegung setzten. Überhaupt schien alles an ihm etwas größer zu sein als am Durchschnittsmenschen. Er war fast zwei Meter groß und hatte eine massige Gestalt. Trotzdem wirkte er nicht muskulös oder bedrohlich, sondern eher wie ein gutmütiger Bär. Mark würde nicht sagen, dass sein Kumpel gut aussah, aber hässlich war er auch nicht. Sein Gesicht war eher rundlich und hatte meistens einen freundlichen Ausdruck. Nur beim Arbeiten lächelte er nicht. Im Moment war seine Stirn in Falten gezogen und verriet seine Konzentration. Darüber kräuselte sich sein Lockenkopf mit den schlammbraunen Haaren.

„Siehst Du, das ist der richtige Ansatz!"

Verdutzt starrte Mark auf die kryptischen Symbole vor ihm.

„Die Formel kenne ich gar nicht!"

„Quatsch! Natürlich kennst Du die. Haben wir doch schon so oft in den anderen Übungen benutzt."

Benjamin sagte das mit einer ruhigen Stimme und nicht aggressiv. Dabei hätte er allen Grund sauer über die Unkonzentriertheit von Mark zu sein. Schließlich saßen sie schon seit geraumer Zeit zusammen. Im Folgenden erklärte er, was bei der Anwendung zu beachten war und wie man erkannte, dass dies der richtige Ansatz sei. Es trat eine kurze Stille ein.

„Vielleicht sollten wir eine Pause machen", schlug Benjamin vor.

„Mach Du ruhig eine Pause! Du hast es ja auch drauf! Ich werde noch ein paar Aufgaben rechnen. Muss ja schließlich topfit für die Klausur nächste Woche sein."

„Du schaffst das schon!"

Benjamin stand auf und tätschelte Mark an der Schulter.

„Wenn Du noch Hilfe brauchst, dann sag einfach Bescheid!"

Mark nickte stumm und schaute seinem besten Freund nach, als der das Zimmer verließ. Er war so froh, dass ihm Ben bei seinen Prüfungen half. Schon im Grundstudium war diese Hilfe Gold wert gewesen, denn bei einigen Klausuren wäre er komplett chancenlos angetreten. Aber Ben schaffte es nicht nur, seine eigenen Tests erfolgreich zu gestalten, sondern prügelte Mark regelrecht durch seine eigenen Prüfungen. Ihm war schleierhaft, wie Ben das zustande bekam und dann noch Zeit und Geduld besaß, anderen zu helfen. Aber so war er schon immer gewesen.

Mark erinnerte sich daran, wie sie damals im Gymnasium nebeneinander saßen. Obwohl sie zum Teil unterschiedliche Leistungskurse belegten, war ihm Ben schon damals eine große Hilfe. Es war ihm fast unangenehm gewesen, immer seinen besten Freund um Hilfe zu fragen. Aber mit der Zeit hatte Mark herausgefunden, dass es Ben ein gutes Gefühl gab, für andere da zu sein. Und es war ja nicht so, dass er ihn benutzte. Er nahm lediglich seine Hilfe in Anspruch – wenn auch ziemlich oft und lange.

Damals war Ben fast jeden Tag bei Mark im Haus. Manchmal hatte er sogar mit ihm und seiner Mutter zusammen gegessen. Besonders in der Zeit, wo sich Benjamins Eltern trennten, schien er sehr motiviert zu sein, Mark auf den nächsten Test oder Klassenarbeit zu drillen. So hatte er quasi einen Nachhilfelehrer gleichen Alters, mit dem er sich auch noch gut verstand.

Über die Trennung hatten sie damals nie viel geredet. Obwohl sie sonst sehr offen miteinander umgingen war dies irgendwie ein Tabuthema. Mark war damals unsicher gewesen, wie er sich verhalten sollte. Er bat Benjamin an, darüber zu reden. Aber das wollte dieser damals nicht. Und so hatte er immer im Nachhinein erst mitbekommen, was passierte. Irgendwann zog Bens Vater aus und fortan sprachen sie nicht mehr über ihn. Erst viel später erwähnte Benjamin Mark gegenüber, dass er keinen Kontakt mehr zum Vater hatte und dass dieser in eine andere Stadt gezogen sei. Aber das war es auch schon.

Seine schulischen Leistungen hatten unter der Trennung seiner Eltern gar nicht gelitten. Im Gegenteil: er legte sich noch mehr ins Zeug und schrieb ein Super-Abitur. Mark freute sich über das gute Abschneiden genauso wie über seinen eigenen Abschluss. Im Schnitt war er fast eine ganze Note schlechter. Ihm war bewusste, dass er ohne die Hilfe seines besten Freundes bei einigen Prüfungen wesentlich schlechter abgeschnitten hätte.

Nun waren einige Jahre ins Land gezogen: Benjamin und Mark waren zu jungen Männern gereift. Sie waren jetzt gelassener, hatten ein bisschen Lebenserfahrung gesammelt und gingen planvoller im Leben vor. Aber an der Beziehung zwischen den beiden hatte sich nichts geändert. Mark war immer noch auf fremde Hilfe angewiesen und Benjamin war nur zu bereitwillig, ihm diese Hilfe zu geben. Sie sprachen immer noch nicht über die Familiensituation von Benjamin. Mark hatte zufällig mitbekommen, dass seine Mutter einen anderen Partner hatte, aber mehr wusste er auch nicht.

Langsam holte ihn wieder die Realität ein: er schaute auf die Ursprungsaufgabe und versuchte, die Gedankengänge von Benjamin nachzuvollziehen. Wieder und wieder ging er die Schritte durch, bis er es verstanden hatte.

Er nahm sich die nächste Aufgabe vor, die nach dem gleichen Prinzip zu erledigen war. Ohne zu spicken schrieb er den Ansatz auf und hangelte sich von Schritt zu Schritt weiter. Nach sehr konzentrierten 15 Minuten hatte er die Lösung! Ein Glücksgefühl durchströmte seinen Körper! Eigentlich unglaublich, was so eine dämliche Aufgabe im Menschen auslösen kann, dachte er. Gleich darauf probierte er es noch einmal: dieses Mal sah die Ursprungsgleichung noch komplexer aus. Bei einem Schritt verhedderte er sich, fing noch einmal von vorne an und kam dieses Mal nach nicht einmal zehn Minuten zur Lösung. Zufrieden klappte er seinen College-Block zu und seufzte.

Durch das lange Sitzen am Schreibtisch war ihm kalt geworden und er machte sich einen Tee. Nun wäre eine gute Gelegenheit, Kerstin anzurufen. Er hatte es schon vor ein paar Stunden erfolglos probiert. Zu seiner Überraschung meldete sich eine unbekannte Männerstimme.

„Ja?"

„Äh, Kessler hier. Ist Kerstin zu sprechen?"

Wortlos wurde der Hörer weitergegeben.

„Hallo?", hörte er die Stimme seiner Freundin.

„Schatz, wie geht es Dir? Und was machen fremde Männer bei Dir?", wollte er wissen. Seine Stimme hatte einen lockeren, witzelnden Tonfall. Er versuchte, seine Eifersucht nicht durchklingen zu lassen.

„Danke, gut. Das eben war Robert. Ich hatte doch erzählt, dass mein Cousin zu Besuch kommt."

Mark überlegte und konnte sich gar nicht daran erinnern. Er hatte Kerstin jetzt schon seit ein paar Tagen nicht mehr gesehen und vermisste sie. Trotz der anstehenden Prüfung wollte er mal wieder einen Abend mit ihr verbringen.

„Ach so, klar!", sagte er und tat so als ob er sich wieder erinnerte. „Wann hast Du mal wieder Zeit, Schatz?"

„Also Morgen wollten wir einen kleinen Ausflug machen. Ich melde mich, wenn Robert wieder weg ist."

Mark verzog das Gesicht, ließ seiner Stimme aber nichts anmerken.

„Ok, dann Euch noch viel Spaß und schönen Gruß an Robert – unbekannter weise."

Sie verabschiedeten sich und beendeten das Gespräch.

Mark grübelte, was er mit einem freien Abend anstellen sollte. Zum weiteren Üben hatte er wenig Lust, aber es blieb ihm wohl kaum etwas anderes übrig.

Um sich abzulenken erledigte er den Abwasch und machte in der Küche klar Schiff. Zufrieden setzte er sich aufs Sofa und rang innerlich mit sich, ob er weiter üben sollte. Jäh wurde er aus seinen Gedanken gerissen, weil das Telefon klingelte. Es war Marit, Benjamins Freundin, die anscheinend aus einer Kneipe anrief. Durch das Getöse musste sie laut rufen, um sich verständlich zu machen.

„Hi Du! Hast Du Lust ins Alte Brauhaus zu kommen?", wollte sie wissen. „Ben meinte, Du hast für heute genug geübt".

Da gab es kein langes Überlegen: Mark sagte prompt zu. Er freute sich, dass die beiden an ihn gedacht hatten und er nicht allein zu Hause versauern musste.

Eine knappe halbe Stunde später stellte er sein Fahrrad neben der Kneipe ab. Ein

Auto besaß er nicht und ein Taxi war ihm zu teuer. Der Drahtesel stellte sein Hauptverkehrsmittel dar. Wie beim Telefonat schon deutlich wurde, war die Kneipe restlos voll. Es war eine alte Gaststätte, die hauptsächlich von Studenten frequentiert wurde. Trotz der Fülle von Menschen hatte Mark seine Freunde schnell ausgemacht. Durch die Hitze im Lokal wärmte er schnell von innen auf. Das Bier und die angeregten Diskussionen taten ihr übriges.

Marit war vom Typ her genau das Gegenteil von Kerstin: ihr ganz heller Teint stand im starken Kontrast zu ihren pechschwarzen Haaren. Obwohl sie eine großartige Figur hatte trug sie meistens Kleidung, die ihre Vorzüge nicht zur Geltung brachten. Heute Abend zum Beispiel einen total schmucklosen Sweater. War das Blau oder Grau? Mark konnte es bei dem gedämpften Licht nicht erkennen. Überhaupt war Marit eher ein Kopfmensch und nicht so sehr auf Äußerlichkeiten fixiert. Bei Kerstin war es fast das Gegenteil: sie ging oft aus und zeigte sich und ihren Körper. Es machte Mark stolz, dass sich viele Köpfe nach ihr umdrehten. Nach Marit schaute sich dagegen keiner um, dafür wirkte sie zu unscheinbar. In ihrer Art passte sie perfekt zu Benjamin. Dieser hielt schon den ganzen Abend wie ein verliebter Teenager ihre Hand.

Wenn es der Plan der beiden war, Mark von den anstehenden Prüfungen abzulenken, dann ging er voll auf. Er amüsierte sich und redete viel. Das Bier und die allgemein gute Stimmung in der Kneipe taten ihr übriges und die Zeit verging wie im Flug. Um nicht den ganzen nächsten Morgen zu verschlafen, brachen die Freunde auf. Während Ben seine Freundin zu Fuß nach Hause brachte, wankte Mark leicht beschwipst zu seinem Fahrrad. Er überlegte kurz, ob er jetzt spontan zu Kerstin fahren sollte. Ihre Wohnung lag etwas außerhalb der Innenstadt. Es war spät, es war dunkel und in seinem jetzigen Zustand würde er mindestens Zwanzig Minuten brauchen. In Gedanken das Gesicht Kerstins vor Augen wischte er die Nachteile beiseite und machte sich auf den Weg zu ihr. In freudiger Erwartung verflogen die Minuten und der kalte Fahrtwind in seinem Gesicht machte ihn munter und gleichzeitig nüchtern.

Im Haus war es stockfinster als er läutete. Erst beim zweiten Mal tat sich etwas. Die Tür wurde aber nicht aufgemacht, stattdessen öffnete sich ein Fenster über ihm. Kerstins Kopf erschien und sie sah verschlafen aus.

„Hallo Schatz!", begann Mark.

„Ist was passiert?", fragte Kerstin verschlafen.

„Ich wollte Dich sehen! Kann ich rein?"

„Ich bin im Bett!", zischte sie, nun gar nicht mehr so müde.

„Dann lass mich dazu kommen und kuscheln!", versuchte er es weiter.

„Hast Du etwa getrunken?", wollte sie wissen.

„Ein oder zwei Bier höchstens", nickte er.

„Ich habe Morgen eine anstrengende Prüfung! Schlaf Du Deinen Rausch aus, aber nicht hier!"

Mit diesen Worten schloss sie das Fenster und Mark stand wieder allein im Dunkeln. Auf einmal kam er sich dämlich vor und ärgerte sich über die Abfuhr. Normalerweise machte es ihr gar nichts aus, wenn er etwas getrunken hatte. Außerdem fühlte er sich auch gar nicht betrunken, sondern war ganz Herr seiner Sinne. Andererseits war es nicht nett mitten in der Nacht seine Herzdame aus dem Schlaf zu wecken.

Halb mürrisch, halb reuig bestieg er sein Fahrrad und trat den Heimweg an. Während der Fahrt regte er sich langsam ab und überlegte, wie er sie wieder besänftigen konnte. Als er endlich bei seiner Wohnung ankam, konnte die Kälte der Nacht seinen Schlaftrieb nicht länger zurückhalten. Er schaffte es gerade noch, sich seiner Kleidung zu entledigen, bevor er müde ins Bett fiel. Hatte Kerstin nicht andere Pläne für Morgen gehabt? Bevor er den Gedanken weiter ausführen konnte, schlummerte er sanft ein.

Zielvereinbarungen

Kurz dachte Mark, dass sein Gegen-über eingeschlafen wäre. Aber dann öffnete dieser die Augen und schaute sich weiter das Dokument vor ihm an.

„Hmmm, hmmm!", sagte Herr Schmidt gedankenverloren.

Er las die Statusberichte von Mark durch und versuchte angestrengt, die vielen Fakten in kürzester Zeit zu bewerten. Dann legte er das Papier wieder auf den Stapel und schaute Mark über den Rand seiner Brille an.

„Ich verstehe ja, dass es langwierige Projekte sind, die Sie da verantworten", begann er. „Aber wir hatten diese Diskussion schon vor einem halben Jahr. Damals erbaten Sie sich nur wenige Wochen Aufschub."

Mark hob beschwichtigend die Hände: „Herr Schmidt, wie Sie vielleicht schon gelesen haben, sind mir zwei wichtige Ressourcen weggebrochen. Ohne Zajac und Müller war ich nicht in der Lage etwas zu Ende zu bringen!"

Müller war ein totaler Einfaltspinsel und konnte nur unter Anleitung arbeiten. Er brachte von allein gar nichts zustande und brauchte ewig für irgendwelche Resultate.

Zajac dagegen war richtig gut – aber dem Projekt nur einen Tag pro Woche zugeordnet. Letzteres hatte Mark immer wieder bemängelt. Die fähigen Leute waren schwer von den wichtigen Projekten loszueisen.

Sie saßen in einem schmucklosen Besprechungsraum ohne Fenster. Es roch nach Plastik und Holz. Wieder brummte Herr Schmidt etwas und nestelte an seiner Krawatte. Früher waren diese Gespräche ganz anders gelaufen. Herr Schmidt war damals noch viel näher dran an den Projekten und stellte viel detailliertere Fragen. Das war anstrengend, weil Mark oftmals im Verteidigungsmodus agieren musste. Andererseits war Mark selbst auch motivierter und schaffte es damals auch immer, die Projekttermine einzuhalten.

„Aber mit diesen Resultaten kann ich Ihnen nicht die Zielerfüllung unterschreiben!", sagte Herr Schmidt endlich.

Mark war genervt und verärgert. So beharrlich hatte er seinen Chef schon lange nicht mehr erlebt. Fieberhaft überlegte er, wie die Situation glatt zu bügeln sei.

„Es ist ganz einfach, Herr Schmidt: wenn Sie mir mehr Ressourcen geben, kann ich Ihnen auch die Resultate liefern!", sagte Mark kühn.

Sein Chef nahm die Brille ab und tippte sich damit auf die Lippe. Er schien einen Entschluss gefasst zu haben.

„Na gut, Herr Kessler", begann er, „Daran soll es nicht scheitern! Ich kann eventuell eine Ressource zu Ihrer Entlastung entbehren. Wir haben da einen Neuzugang: Frisch von der Universität. Ein sehr motivierter junger Mann namens Berthold, Stefan Berthold. Sicherlich braucht er noch Zeit sich einzugewöhnen. Aber dann wäre er eine gute Verstärkung für Ihr Team!"

Damit hatte Mark nicht gerechnet! Schließlich war Personal überall knapp! Mark wollte nicht wirklich mehr Leute haben. Damit schwanden seine Argumente, die Projekte zeitnah zu beenden. Jetzt hatte er noch diesen Frischling an der Backe! Er erinnerte sich dunkel an das Telefonat mit dem neuen Kollegen. Andererseits schien es die einzige Möglichkeit zu sein, seinen Chef noch weiter hinzuhalten. Also entschied sich Mark, auf den Zug aufzuspringen.

„Klasse, Herr Schmidt! Vielen Dank! Das hatte ich schon immer gewollt! Damit kann ich endlich wieder Gas geben!"

Mark lächelte und spielte Erleichterung vor. Herr Schmidt erhob sich und streckte seine Hand aus. Damit war das Zielgespräch erst einmal vertagt und Mark hatte vorerst seinen Kopf aus der Schlinge gezogen. Die nötige Unterschrift würde er sich schon noch holen.

Während er das Büro seines Vorgesetzten verließ, dachte Mark über das Gespräch nach. Hatte er sich nun geschickt aus der Affäre herausgewunden oder selbst ein faules Ei gelegt? Sicher war, dass es mit dem neuen Kollegen nicht einfach wurde. Andererseits hatte er es wieder einmal geschafft, seine eigene Leistung als angemessen zu verkaufen. Er schloss das Thema gedanklich ab und ging schnell eine rauchen. Anschließend schaute er bei Astrids Büro vorbei. Tatsächlich war sie da und schien hochkonzentriert zu sein.

Ohne Aufforderung trat er ein und schloss die Tür hinter sich.

„Hallo Sonnenschein!", sagte er grinsend.

Astrid schaute auf und ihre ernste Miene hellte leicht auf.

„Hi Süßer!", entgegnete sie.

Mark ging um den Schreibtisch herum und begann, seine Kollegin an den Schultern zu massieren.

„Was bist Du schon wieder so verspannt...", begann er.

„Ich habe echt viel zu tun", sagte sie abwehrend.

Mark ließ nicht locker und massierte weiter. Er atmete ihren Duft ein.

„Lass Dich von mir nicht stören – ich kann Dich auch massieren, während Du weiter arbeitest."

Er spürte, wie ihre anfängliche Abwehrhaltung sich auflöste. Mit seinen Händen fuhr er herunter zu ihren Brüsten und streichelte sie zärtlich. Astrid quittierte dies mit einem Seufzer. Er blickte in ihren Ausschnitt und sah den Ansatz ihres BH: Dieser war Orange und sah wunderschön aus auf ihrem braungebrannten Dekolleté. Er erinnerte sich nicht daran, schon einmal eine Frau mit dieser Art von farbigen Dessous gesehen zu haben.

„Mittagspause bei Dir?", hauchte er in ihr Ohr.

„Heute ist echt ganz schlecht", flüsterte sie zurück.

Mark bearbeitete weiter ihren Busen und spürte ihre erregten Brustwarzen durch BH und Bluse hindurch.

„Nur kurz, ich verspreche es", versuchte Mark es weiter. „Die Pause wird Dir guttun!"

Sie nahm seine Hände und hielt ihn davon ab, sie noch weiter zu erregen.

„Okay, aber wirklich nur ein Quicky – ich muss das echt bis heute Abend noch fertigbekommen".

Mark grinste triumphierend und sog noch einmal den Duft ihrer Haare ein. Dann ließ er von ihr ab, ging zur Tür, blinzelte ihr zu und ging schließlich in sein Büro.

Knapp anderthalb Stunden später hatte der Tag für Mark eine gute Wendung genommen. Vergessen war das anstrengende Gespräch mit seinem Chef und die vielen Emails in seinem Postfach. Beim Sex mit Astrid konnte er gar nicht an die schlechten Dinge denken, er konnte überhaupt an gar nichts denken. Er nahm sie von hinten und seine Stöße wurden immer schneller. Zwischendurch schlug er mit der flachen Hand auf ihren runden Po, was sie mit einem lauten Stöhnen quittierte. Seine Hüfte klatschte laut gegen Ihr Hinterteil und Mark spürte, dass er kurz vorm Höhepunkt war.

„Hey, ich bin noch nicht soweit!", keuchte Astrid.

Aber da war es schon zu spät und Mark kam mit einem spitzen Schrei. Langsam zog er sich aus ihr zurück und rollte das vollgespritzte Kondom ab. Schwer atmend ließ er sich in das braune Sofa neben ihr fallen und schloss die Augen.

„Ich wollte auch!", sagte Astrid enttäuscht.

„Das nächste Mal, Süße!", erwiderte Mark. Er war müde und würde am liebsten in Astrids Wohnung ein Nickerchen machen. Immer noch schwer atmend starrte er an die Decke und versuchte sich die letzte Viertelstunde einzuprägen. Von diesen Erinnerungen zehrte er, wenn er Astrid nicht sehen konnte.

Sie nahm ihm das Kondom aus der Hand und verschwand im Badezimmer. Er schaute ihr hinterher und musterte dann seine Umgebung. Astrid hatte eine sehr kleine aber geschmackvoll eingerichtete Dachgeschosswohnung. Soweit er sich erinnern konnte hatten sie schon in allen Zimmern Sex gehabt.

Anfangs noch hatten sie sich harmlos in Restaurants zur Mittagspause getroffen, aber es war Mark schon früh klar, was er von ihr wollte. Und er war sich auch sicher, dass er es bekommen würde. Das erste Mittags-Date war harmlos, ein zwangloses Essen unter Kollegen. Es stellte sich heraus, dass Astrid sehr viel zu tun hatte. Umso mehr war

Mark überrascht, dass sie sich überhaupt Zeit für ihn nahm. Schon früh fand er heraus, dass sie eine devote Ader hatte, die er liebend gern ausnutzte. So merkwürdig es sich anfühlte, aber Mark war überzeugt, dass genau das ihr Spaß machte.

Als sie das erste Mal Sex hatten, hatte er sie leidenschaftlich geliebt. Sie war damals mit irgendeinem Arzt zusammen. Ihren Erzählungen nach ein netter Typ mit Geld und Grips. Mark vermutete, dass sein Nebenbuhler einfach zu nett war und nicht abenteuerlustig genug. Deswegen ließ sie sich wohl überhaupt erst auf das Drängen von Mark auf ein Date mit ihm ein. Mark erkannte sehr schnell, dass Astrid insgeheim etwas anderes suchte und verhielt sich entsprechend ganz anders. Er wusste nicht, woher diese Eingebung kam, aber im Bett probierte er es aus. Beim nächsten Mal verwandelte sich seine Leidenschaft in Egoismus und Brutalität. Nicht, dass er Spaß daran hätte, einer Frau weh zu tun. Aber statt zärtlichem Blümchensex folgte er einfach seiner Eingebung und nutzte Astrid aus, als hätten seine Taten keine Konsequenzen. Als sie ihm später gestand, dass sie noch nie so geilen Sex gehabt hatte, fühlte er sich bestätigt. Seitdem ließ er sich bei ihr immer total gehen. Zu Anfang gab er ihr Zuckerbrot und dann immer die Peitsche: Verführen konnte er sie mit

Zärtlichkeit, aber der Akt selbst war stets hart und kompromisslos. Je mehr er dabei an sich dachte, desto besser schien es ihr zu gefallen. Jedenfalls hatte er diesen Eindruck gewonnen.

Zwei Wochen später hatte Astrid dann Schluss mit ihrem Freund gemacht. Tja, Pech gehabt, Herr Doktor! Da war Deine Diagnose wohl falsch bei Frau Fuhrmann!

Astrid kam zurück und sah jetzt wieder aus, wie aus dem Ei gepellt. Ihre Haare waren ordentlich und die Kleidung saß züchtig dort wo sie sitzen sollte. Sie lächelte ihn an und wartete geduldig. Langsam richtete Mark sich auf und begann sich selbst wieder in einen vorzeigbaren Zustand zu versetzen.

Dieses Mal fuhren sie getrennt ins Büro und Astrid war sofort wieder mit Eifer bei ihrer Arbeit. Mark hatte vor dem Büro noch geraucht und fühlte sich total unmotiviert. Es war ein ziemlich kühler Herbsttag und ihm fröstelte. Am liebsten wäre er nach Hause gegangen. Aber statt erholsamem Schlaf sah er sich in seinem Büro einer Wand aus ungelesenen Emails gegenüber.

Nach einem endlos langweiligen Nachmittag machte er Feierabend und verabschiedete sich noch kurz von Astrid. Sie blickte von ihrem Bildschirm auf, lächelte kurz und wandte sich dann wieder ihrem Bildschirm zu. Er vermutete, dass sie heute noch lange würde arbeiten müssen.

Zu Hause angekommen wunderte sich Mark über lautes Stimmengewirr. Ein Blick ins Wohnzimmer verriet ihm, dass Veronika Besuch hatte. Wie im Chor schallte ihm ein „Hallo!" entgegen. Er blickte in die Gesichter von 4 anderen Frauen und nickte nur zum Gruß. Auf dem Tisch waren ein paar Sektflaschen, viele Schälchen mit Dips und kleine Snacks aufgereiht. Entsprechend roch es nach Essen und Alkohol. Im Hintergrund lief irgendeine CD. Die meisten Freundinnen von Veronika waren auch Krankenschwestern soweit er wusste. Aber keine davon sprach in visuell an. Zum Teil saßen die Frauen auch auf dem Boden, da alle Sitzmöbel von dem Hühnerhaufen belegt waren.

Eigentlich hatte er keine Lust noch weg zu gehen, wollte aber keinesfalls mit Veronikas Freundinnen Konversation machen müssen. Außerdem hatte er Hunger auf etwas Deftiges. Also rief er spontan Benjamin an. Aber nicht er, sondern seine Freundin Marit nahm ab und erzählte, dass Benjamin noch im Büro war. Frustriert beendete Mark das Gespräch. Kurzerhand schnappte er sich seine Jacke, rief ins Wohnzimmer, dass er noch mit Ben einen trinken sei und verschwand dann allein in eine Bar.

Kampfeinsatz

Unkontrolliert zuckten Marks Beine, als er im Kreis mit seinen Mitspielern stand. Völlig erschöpft stütze er sich auf seinen eigenen Knien ab und stand gebeugt da. Gebannt hing er an den Lippen seines Trainers. Dieser redete sehr schnell und intensiv. Mark versuchte, sich in dem Wortschwall, der ihm entgegenkam, zurecht zu finden. Sein Herz pochte und der Schweiß lief ihm nur so in Strömen am Körper herunter. Auch seine Kameraden sahen allesamt sehr geschafft aus: Thorsten hatte ein puterrotes Gesicht, Michael und der dicke Albert waren auch platt. Sonja sah selbst im durchgeschwitzten Shirt noch attraktiv aus. Lediglich Erika hatte noch Puste übrig – kein Wunder, wurde sie in dieser entscheidenden Partie doch fast gar nicht eingesetzt.

„Hast Du das verstanden, Mark?", fragte der Trainer mit einem intensiven Laserblick.

Mark nickte und hoffte, dass er das eben gesagte auch wirklich umsetzen konnte. Als Zusteller hatte er die Schlüsselposition in der Mannschaft und konnte entweder Thorsten oder seinem Trainer, der selbst auch spielte, die Bälle auf dem Silbertablett vorlegen. Jedenfalls war das die Theorie.

Suchend glitt sein Blick über die Tribüne. Es waren nur eine Handvoll Zuschauer da, die allerdings recht viel Lärm verursachten. Genervt stellte er fest, dass Kerstin immer noch nicht da war. Sie hatte versprochen zu kommen und ihn anzufeuern. Kein Wunder, dass er so viele Fehler machte. Wenn sein persönliches Groupie nicht zugegen war, fühlte sich Mark nicht im Vollbesitz seiner Kräfte. Und gerade heute hätte er einen treuen Fan gebrauchen können. Denn schließlich ging es um den Abstieg in die Kreisliga. Wer das heutige Spiel verlor musste runter – eine eindeutige Konstellation.

Die Spieler klatschten einander ab und alle außer Erika nahmen ihre Position auf dem Feld ein. Die gegnerische Mannschaft schlug auf und Albert musste tief gehen, um den Ball noch baggern zu können. Sein Pass kam aber nicht bei Mark an und Michael musste aushelfen. Der Trainer konnte den Ball anschließend nur über das Netz heben, so dass sie sich in der Defensive befanden.

Die Gegenseite machte es besser und stellte den Ball sauber am Netz. Mit recht viel Wucht schmetterte der Angreifer den Ball und die Abwehr vom Trainer und Mark landete im Netz.

Die Angehörigen der Gegner jubelten.

„Mist!", schrie der Trainer. Seine Augen funkelten Mark böse an. Wobei er dieses Mal gar keine Schuld hatte.

„Achtzehn zu Fünfzehn", ertönte es vom Schiedsrichterstuhl. Es war schon der dritte Punkt in Folge und es sah nicht gut aus. Auszeiten konnten sie nicht mehr nehmen. Es musste jetzt irgendwie mit der Brechstange gehen.

Wieder kam der Aufschlag des Gegners und es ging in Richtung Albert. Dieses Mal legte er den Ball etwas besser ab, so dass Mark ihn stellen konnte. Thorsten hatte genug Zeit und sprang zur richtigen Zeit. Sein Schmetterschlag landete genau im hinteren linken Eck des gegnerischen Feldes. Die kleine Fanschar jubelte und Mark war erleichtert.

„Aufschlagwechsel, Sechzehn zu Achtzehn!"

Mark war an der Reihe mit Aufschlag und schnappte sich den Ball. Er war ein Sprungaufschläger und seine Angaben waren schwierig zu retournieren. Nach einem Blick zur Tribüne entdeckte er, dass Kerstin endlich angekommen war. Mit ihren langen Haaren und einem knallroten Minirock war sie sofort zu erkennen. Mark hätte breit gelächelt, war aber konzentriert bis in die Haarspitzen. Er atmete kurz durch, dann warf er den Ball vor sich in die Luft. Zwei Schritte Anlaufe, ein gezielter Sprung und Mark erwischte das Spielgerät genau zum richtigen Zeitpunkt. Keine Sekunde später knallte das Ding auf die Unterarme der gegnerischen Abwehrspielerin. Sie hatte arge Mühe, den Ball zu kontrollieren. Er flog dabei nicht Richtung Zusteller am Netz, sondern wie eine Bogenlampe nach hinten. Ein Mitspieler rannte hinterher, aber es war schon zu spät.

Wieder jubelten die Anhänger von Marks Verein auf der Tribüne, während sich auf dem Feld alle mit Mark abklatschten. Kerstin lächelte und streckte den Daumen nach oben. Diese eine Geste bedeutete Mark mehr als der Jubel seiner Mitspieler oder den anderen Leuten auf der Tribüne.

„Siebzehn zu Achtzehn", trompete der Schiedsrichter.

„Noch so einen!", bedeutete ihm der Trainer. Mark nahm wieder seinen Platz ein und wollte wieder einen Sprungaufschlag machen. Er hatte seinen Aufschlag so oft im Training geübt, dass seine Fehlerquote beeindruckend niedrig war. Wieder kurzes Durchatmen, kurzer Anlauf, ein Sprung und dasselbe Ergebnis wie eine Minute zuvor. Ob es Absicht war oder nicht, der Ball landete wieder bei derselben Spielerin des Gegners. Dieses Mal konnte sie das Spielgerät besser kontrollieren. Mark rückte ans Netz vor. Der Ball kam durch einen Mitspieler zum Angriffsspieler. Dieser stieg hoch und Mark und sein Trainer parierten die Attacke perfekt: der Ball tropfte im gegnerischen Feld auf den Boden.

„Achtzehn zu Achtzehn".

In der Folge spielte sich Mark in einen Rausch. Jede seiner Angaben rauschte wie ein Projektil auf die Gegner zu. Beim Stand von Zwanzig:Achtzehn für Marks Team nahm der gegnerische Coach eine Auszeit. Mark und seine Mitspieler nutzten die Verschnaufpause und der Trainer sagte ein paar motivierende Worte. Mark bekam ein Sonderlob und ein Schulterklopfen von ihm. Verstohlen blicke er zur Tribüne. Ein Blick auf seine hübsche Freundin war sein persönliches Dopingmittel.

Die Mannschaft um Mark ließ sich auch durch diese Auszeit nicht mehr vom Weg abbringen und brachte den Satz mit Fünfundzwanzig:Zwanzig nach Hause. Damit war der Drei zu Zwei Satzerfolg gesichert und der Abstieg vermieden. Nach dem Matchball fühlte Mark sich großartig. Durch Glückshormone aufgepumpt, hüpfte er begeistert durch die Halle und rannte schließlich zu Kerstin hinüber.

„Glückwunsch, mein Süßer!", sagte sie.

Er küsste sie auf den Mund und wollte sie umarmen. „Iiihh, Du schwitzt ja wie ein Schwein!", beschwerte sich seine Angebetete. „Das ist der Saft des Sieges!", grinste Mark ganz stolz und machte sich von dannen.

In der Umkleidekabine kam der Trainer noch einmal auf ihn zu. „Das war echt gut, Mark!", fing er an. „Du warst heute der Schlüssel zum Sieg, Junge! Bin echt stolz auf Dich! Wie viel direkte Aufschlagpunkte hast Du heute gemacht? Ich habe 7 gezählt – grandios!"

Mark hätte diese Sätze am liebsten auf Band aufgenommen, denn der Trainer hielt sich mit überschwänglichem Lob eigentlich immer zurück. Er hatte ein richtiges Hochgefühl und fühlte sich großartig, obwohl es ja nicht um die Meisterschaft ging, sondern im Gegenteil um den Abstieg. Aber trotzdem war er glücklich und ihm war nach Feiern zumute.

Das traditionelle Abschlussessen der Saison fand im Stammrestaurant des Vereins statt, ein gemütlicher Italiener. Während fast alle Pizza aßen wurde lebhaft über die vergangene Saison und vor allem über das letzte Spiel diskutiert. Auf Grund des Essens und der großen Menschengruppe war es warm und laut. Die Stimmung war gelöst, weil der Abstieg in die Kreisliga im letzten Moment abgewendet werden konnte.

„Möchtest Du noch etwas?", bot Mark seiner Freundin das letzte Stück seines Abendessens an. Sie verneinte lächelnd und hörte wieder dem Trainer zu, der gerade eine Anekdote erzählte. Überhaupt war er sehr redselig am heutigen Abend. Mark mochte diesen hageren Mann, der auf dem Platz ein völlig anderer Mensch war als außerhalb. Er musste Anfang dreißig sein und trug einen Vollbart. Das passte irgendwie zu seiner ruhigen Art, denn der Trainer erhob nie die Stimme und ließ lieber andere reden. Außer eben, wenn er auf dem Volleyballfeld stand.

Da schrie, zeterte oder jubelte er und ließ seinen Gefühlen freien Lauf.

Mark nahm einen tiefen Schluck aus seinem Weizenglas und sprach dann Albert neben sich an. Albert war ein ziemlich trockener Typ, aber Mark kam mit ihm gut klar. In seiner analytischen Denkweise erinnerte er Mark manchmal an Benjamin.

„Deine letzten Aufschläge waren echt klasse", lobte Albert. „Damit konnten die anderen nichts anfangen. Das wird uns bestimmt in der neuen Saison auch helfen!" Sie vertieften sich in eine Diskussion darüber, was im nächsten Jahr passieren würde. „Du bleibst doch dabei, oder?" wollte Albert wissen.

„Na klar, jetzt habe ich Blut geleckt!", erwiderte Mark mit einem Grinsen. Ihm fiel plötzlich auf, dass Kerstin gar nicht mehr neben ihm saß.

„Deine Freundin ist eben auf das stille Örtchen verschwunden", klärte Erika ihn auf, die seinen fragenden Blick bemerkt hatte.

Fünf Minuten später war Kerstin immer noch nicht da und Mark musste nun selbst auch auf die Toilette. Als er sich erleichtert hatte, fand er Kerstin mit seinem Trainer vorm Restaurant. Es war dunkel geworden und die Straßenlaternen leuchteten grell. Kerstin rauchte und die beiden plauderten angeregt. Mark stellte sich dazu und legte seinen Arm um sie. Irgendwie kam er sich vor wie das fünfte Rad am Wagen. War er jetzt etwa eifersüchtig auf seinen Trainer? Ungeniert und lautstark gähnte er und bemerkte, wie spät es schon sei. Das war auch keineswegs gelogen, denn die Uhr zeigte Dreiundzwanzig Uhr Fünfzehn an. Nach dem anstrengenden Spiel und der großen Pizza war Mark absolut bettreif.

Nachdem alle gezahlt hatten löste sich die Gruppe auf und Mark ging mit Kerstin nach Hause. Die frische Luft der Frühlingsnacht sorgte dafür, dass er nicht beim Gehen einschlief.

„Über was habt ihr Euch eigentlich unterhalten?", wollte er von Kerstin wissen.

„Ach, alles Mögliche. Ist schon ein interessanter Typ, Dein Trainer!", entgegnete sie.

Mark runzelte die Stirn: Er hatte eigentlich immer den Eindruck gehabt, dass sein Trainer sehr bodenständig war. Bis auf die emotionalen Ausbrüche beim Sport eigentlich fast schon langweilig. Es wunderte ihn, dass sie den Trainer so interessant fand.

Nachdem sie in Kerstins Wohnung ange-kommen waren, wünschte Mark sich am meisten Zärtlichkeit. Er hängte noch seine durchgeschwitzten Sachen auf und putzte sich die Zähne. Dann fiel er ins Bett und wartete darauf, dass Kerstin mit dem Ab-schminken fertig war. Als diese ein paar Mi-nuten später dann im schwarzen Nachthemd aus dem Badezimmer schwebte, war Mark allerdings schon fest eingeschlafen.

Mittagspause

Prall wie ein Luftballon kurz vorm Platzen war Marks Glied aufgerichtet. Langsam fuhr Astrid mit ihrer Zunge über seine Eichel. Sie wusste, dass er darauf stand. Dann nahm sie seinen Penis langsam in den Mund und zog gleichzeitig die Vorhaut sanft zurück. Mark quittierte das mit einem lang gezogenen Stöhnen.

Er saß auf Ihrer Couch und schaute Astrid dabei zu, wie sie ihn oral verwöhnte. Ab und zu schaute sie ihm direkt in die Augen, während sie ihn weiter blies. Er fasste nach ihrem Busen und streichelte ihre kleinen festen Brüste. Sie war über ihn gebeugt und ihre lockigen Haare kitzelten seine nackten Schenkel. Ihr Parfum verströmte einen anregenden Duft. Bis auf die Geräusche, die sie machte, war es still in der Wohnung. Die vollen Gläser auf dem Wohnzimmertisch waren kaum angerührt worden.

Mark atmete schneller spürte einen Schweißfilm auf seiner Stirn. Astrid intensivierte ihre Bemühungen noch und beide wussten, dass es jetzt nicht mehr lange dauern würde. Er richtete sich auf und nahm ihren Kopf in seine Hände. Dann stieß er mehrmals schnell zu und ergoss sich in ihrem Mund, so wie er es einmal in einem Pornofilm gesehen hatte. Sein Orgasmus war heftig und er stöhnte laut. Erschöpft ließ er sich wieder auf das Sofa fallen. Astrid nahm ein Taschentuch und säuberte sich erst einmal.

„War das geil?", fragte sie suggestiv. Mark nickte und lächelte ein zufriedenes Lächeln.

„Du bist die Beste!", erwiderte er.

Sie stand auf und ging ins Badezimmer. Mark schloss die Augen und genoss den Moment. Er hörte die Duschbrause und sah sich im Wohnzimmer um. Die Einrichtung war recht puristisch, aber sehr geschmackvoll. Brauntöne und Weiß dominierten und sorgten für eine gemütliche Atmosphäre. Ein kleines, gerahmtes Foto auf dem Schrank zeigte Astrid mit einem goldenen Pokal. Früher hatte sie erfolgreich Gymnastik gemacht.

Kurze Zeit später kam Astrid zurück. Sie war immer noch nackt und Mark warf ihr bewundernde Blicke zu. Sie griff nach ihren Kleidungsstücken, aber Mark hielt sie zurück.

„Hey, wir müssen gleich wieder ins Büro!", erinnerte sie ihn.

„Von mir aus könnte ich noch den ganzen Nachmittag hier bei Dir verbringen". Mark hatte überhaupt keine Lust, wieder zu seinem Schreibtisch zurückzukehren. Astrid lächelte und ließ sich nicht auf seinen Vorschlag ein. Seufzend stand er auf und ging dann ebenfalls ins Bad.

Nach einer kurzen Dusche fühlte er sich wieder erholt. Minuten später stand er Astrid gegenüber, die vollständig gekleidet war und sich die Haare gebürstet hatte. Nun sah sie wieder wie aus dem Ei gepellt aus.

„Das nächste Mal möchte ich aber ausgiebig verwöhnt werden, okay?"

Sie legte den Kopf schief.

„Na klar, meine Süße", meinte Mark und streichelte ihre Wange.

Beide verließen die Wohnung und betraten den Fahrstuhl.

„Also eigentlich möchte ich ja nichts von Deiner Freundin wissen", begann Astrid. „Aber irgendwie interessiert es mich jetzt doch ein wenig."

Mark verzog das Gesicht. Das war schon das zweite Mal in kurzer Zeit, dass Astrid über „die andere Frau", wie sie sie beim letzten Gespräch genannt hatte, reden wollte.

„Müssen wir das jetzt besprechen?", fragte er.

„Besser jetzt als im Büro, oder?"

Mark verzog das Gesicht.

„Was möchtest Du denn wissen?", fragte er resignierend.

Der Fahrstuhl hielt und sie gingen aus dem Gebäude. Instinktiv nahm Astrid seine Hand, aber Mark zog sie weg. Man konnte nie wissen, wer einem so begegnete in der Mittagspause. Sie erkannte ihre Unachtsamkeit und reagierte nicht verletzt darauf. Mark zündete sich eine Zigarette an.

„Bringt der Sex mit ihr keinen Spaß?", fragte sie ganz direkt.

Mark blies Rauch in die kühle Herbstluft und überlegte. Die Antwort hätte er sofort geben können, aber er fragte sich, ob der Sex mit Veronika überhaupt einmal gut gewesen war.

Seine Gedanken behielt er für sich und verneinte nur.

„Was siehst Du denn in ihr?", kam gleich die nächste herausfordernde Frage von Astrid.

Mark gefiel dieses Verhör ganz und gar nicht. Die Sache mit Astrid lief jetzt schon seit fast sechs Monaten. Nach dem Sex redeten sie meist über belanglose Dinge und das war ganz in seinem Interesse. Er musste sich keine Gedanken machen, sich nicht entschuldigen und brauchte sich auch nicht zu verstellen. Es zählte nur die animalische Anziehungskraft zwischen den beiden. Alles andere war egal. Nun aber fing Astrid an, blöde Fragen zu stellen.

Mark kratzte sich am Kopf: „Sie war halt damals für mich da, als es mir schlecht ging."

Astrid machte ein ausdrucksloses Gesicht.

„Und möchtest Du, dass das so weitergeht?", bohrte sie nach.

„Mit uns?"

„Nein, Du und Deine Freundin meine ich". Astrid wirkte ungeduldig.

„Darüber muss ich mal nachdenken", sagte er.

Das war anscheinend nicht die Antwort, die Astrid sich erhofft hatte. Ihr hübsches Gesicht war durch ein Stirnrunzeln verunstaltet. Sie sagte nichts und starrte Mark an.

„Ich lasse mir etwas einfallen", sagte er. Mittlerweile waren Sie im Büro angekommen und dort trennten sich ihre Wege. Mark betrat sein Büro und nahm auf seinem Stuhl platz. Nach der Passworteingabe checkte er seine Emails. Das meiste davon war uninteressant, bzw. konnte warten. Kaum hatte er das zufrieden festgestellt, als es an der Tür klopfte.

Mark bat den Besuch herein und war erstaunt, ein unbekanntes Gesicht zu sehen.

„Hallo Herr Kessler. Berthold mein Name. Wir hatten telefoniert", sprudelte es aus dem Besucher heraus. Der Mann war jung und attraktiv. Er trug ein schlichtes Hemd und eine auffällige blassgelbe Krawatte, dazu eine elegante Anzughose. Sein dunkles Haar war sehr kurz und sein bartloses Gesicht freundlich.

„Ah, natürlich!", entgegnete Mark. Er erinnerte sich vage an das Gespräch von vor einer Woche. Auch das Gesicht hatte er schon einmal gesehen.

„Setzen Sie sich doch!", bat Mark höflich.

Der Kollege nahm platz und räusperte sich. „Ich habe hier ein Konzept erstellt, so wie wir es besprochen hatten." Herr Berthold hielt ein Dokument hoch und wedelte damit. „Ich dachte, dass Sie es vielleicht lesen wollen."

„Sehr nett! Sie hätten es einfach per E-Mail schicken können", entgegnete Mark.

„Das habe ich schon gemacht. Aber ich denke, dass es in Ihrem vollen Postkorb untergegangen ist." Herr Berthold sagte das ohne jeden sarkastischen Unterton, trotzdem hatte Mark Mühe, seinen auflodernden Zorn zu unterdrücken.

Er nahm das ausgestreckte Dokument an sich und blätterte darin. Es war vom Umfang her keine Neufassung von Krieg & Frieden, hatte aber mit 10 Seiten reinem Text ordentlich Substanz. Wenn sich der neue Kollege so viel Mühe damit gab, dann sollte er es wirklich einmal durcharbeiten.

„Vielen Dank, Herr Berthold!", sagte Mark artig. „Sie haben Recht, Ihre E-Mail ist bei mir wirklich untergegangen. Lassen Sie mir bis Ende der Woche Zeit – dann kann ich Ihnen Feedback geben!", schlug er vor.

„Klasse!", erwiderte Herr Berthold. „Wir werden jetzt sowieso etwas enger zusammenarbeiten. Herr Schmidt hat mich nämlich ihrem Projekt zugeteilt."

„Ah, sehr gut!", sagte Mark. Dann hatte sein Chef seinen Worten tatsächlich Taten folgen lassen. Andererseits hatte er jetzt diesen Typen an der Backe.

„Ich werde einen Termin ausmachen, wo wir über ihre Vorschläge und auch das Projekt reden können", ging Mark in die Offensive.

Sie verabredeten sich auf nächste Woche und Herr Berthold lächelte zufrieden als er aufstand. Zum Abschluss schüttelte er Mark die Hand und verschwand mit einem Gruß aus der Tür. Mark musterte noch einmal das Schriftstück und seufzte. Da er nichts Besseres zu tun hatte, fing er an zu lesen.

Den Schreibstil fand Mark etwas kindlich. Aber der fachliche Inhalt war völlig korrekt. Interessiert las Mark weiter und kam zu dem Teil mit den Verbesserungsvorschlägen. Es waren zwei konkrete Vorgehensweisen beschrieben. Mark erkannte sofort die Vorteile und wusste, dass das Unternehmen damit wirklich Zeit einsparen würde. Nach ein paar weiteren Minuten hatte er das Dokument komplett durchgearbeitet. Zum Schluss der Ausarbeitung schlug Herr Berthold ein Pilotprojekt vor, welches die beiden Vorgehensweisen testen und deren Wirksamkeit nachweisen sollten. Hätte Mark die Ideen selbst gehabt, würde er es genauso vorschlagen.

Mark kratzte sich am Kinn und grübelte. Bevor er einen Entschluss fasste, klopfte es schon wieder an der Tür.

„Herein!", gequält schaute Mark zur Tür. Eine junge Frau mit langen roten Haaren trat ein. „Ah, Lena!", begrüßte Mark sie.

Von vielen Kollegen wusste er nicht die Namen, besonders nicht von den Auszubildenden. Aber Lena stach nicht nur durch ihre Haarfarbe hervor, sondern auch durch ein sehr hübsches Gesicht. Wie schade, dass sie schon vergeben war. Das hatte er bei einer Mittagspause von ihr selbst erfahren.

„Hier sind ein paar Dienstleistungsnachweise für Dich", sagte sie mit einem Lächeln. Sie legte eine Aktenmappe auf Marks Schreibtisch und blieb unschlüssig stehen.

Mark musterte sie und nahm ein dezentes Parfum wahr. Genauso zurückhaltend wie ihr Duft war auch ihr Makeup.

„Wie läuft denn Deine Ausbildung?", machte Mark Konversation.

„Ich bin ja schon fast fertig, meine Prüfung ist nächsten Monat", antwortete die hübsche junge Frau.

„Wirst Du übernommen?", fragte Mark und musterte sie verstohlen.

„Dieses Jahr werden die meisten wohl abgelehnt", seufzte sie. „Und mein Durchschnitt in der Berufsschule ist leider nicht so gut." Sie klang traurig, als sie das sagte.

Mark war nicht überrascht, denn die Geschäftszahlen waren sehr durchwachsen. In schwierigen Zeiten übernahm die Firma frische Berufsanfänger nicht, sondern bildete lieber neue Leute zu wesentlich günstigeren Konditionen aus. Das war nicht effizient, sparte aber kurzfristig Kosten ein. Nur die richtig guten Leute bekamen ein Jobangebot.

„Nun, ich könnte eventuell eine Projektassistentin gebrauchen", begann Mark, „Und ich mag Dich!". Dabei schaute er ihr tief in die Augen.

„Echt?", Lena biss an und schien begeistert.

Marks erste Äußerung war komplett aus der Luft gegriffen, aber Mark fand seine Idee gar nicht so schlecht. „Das darf aber dieses Büro nicht verlassen! Mein Personalantrag ist noch nicht genehmigt."

„Ja, natürlich. Aber das wäre echt Klasse!", entgegnete sie immer noch ganz aufgeregt.

„Wir können die neue Rolle ja mal bei einem Drink nach Feierabend besprechen", schlug Mark vor.

Lena war ihm in die Falle gegangen: Sie nickte eifrig und willigte sofort ein.

Um nicht noch weitere Versprechungen machen zu müssen, tat Mark beschäftigt: „Ich muss jetzt weitermachen", komplimentierte er die Kollegin aus seinem Büro heraus.

„Klar, natürlich!", sagte sie und verabschiedete sich.

Als ihre Schritte auf dem Korridor verhallten klatschte Mark in die Hände. Eine Rothaarige hatte er bis jetzt noch nicht gehabt, dachte er. Sofort tauchten erotische Fantasien in seinem Kopf auf, in denen Lena die Hauptrolle spielte. Sie war attraktiv, aber nicht dumm – es würde eine harte Nuss für ihn werden, sie zu verführen!

Nach ein paar Tagträumen fokussierten seine Augen wieder auf die Berthold'sche Ausarbeitung. Grübelnd kratzte er sich am Kinn. Er ging noch einmal die Zusammenfassung des Dokumentes durch und verfasste in seinem Kopf eine E-Mail.

Nach einer Raucherpause schrieb er die elektronische Nachricht dann in einem Erguss nieder und betrachtete sein Werk. Im Prinzip war es eine vereinfachte Fassung dessen, was Berthold vorschlug. Er würde diese Idee umsetzen und sich selbst als Projektleiter benennen. Berthold könnte offiziell sein Vertreter sein und würde dann die eigentliche Steuerung übernehmen. Dann müsste Mark auch nicht an allen Meetings teilnehmen. Er nickte zustimmend; so als hätte ein Fremder im Raum diese Vorschläge geäußert. Nach einem kurzen Feilen an der einen und anderen Formulierung versendete er die E-Mail mit dem Betreff „Verbesserungsvorschlag" an seinen Chef Herrn Schmidt. Zufrieden verschränkte er die Arme hinterm Kopf und dachte wieder daran, wie er Lena herumkriegen könnte.

Dessert

Anderthalb Stunden hatte der Professor jetzt ohne Pause geredet. Jedenfalls kam es Mark so lange vor. Wie war das nur möglich? Müsste der nicht einen total trockenen Mund haben?

Mark blies die Backen auf. Das Skript des Dozenten lag vor ihm auf dem Tisch und war schon mit allerlei Kommentaren von Mark verziert worden. Überall waren Passagen mit einem Textmarker hervorgehoben oder mit einem dicken Ausrufezeichen versehen. Welche der Absätze waren eigentlich unwichtig? Es war schon bewundernswert mit welcher Hingabe die Person da vorne über sein Fachthema reden konnte. Aber irgendwann war es mit Marks Konzentration vorbei. Sein Blick schweifte über die Kommilitonen zu beiden Seiten. Anscheinend ging es den meisten Studenten ebenso wie ihm: viele saßen ermattet in ihren Stühlen und hatten glasige Augen. Es war amüsant die Leute zu beobachten: Dabei gab es die „typischen" Studenten in Blue Jeans, mit ausgewaschenen T-Shirts und Turnschuhen und natürlich durfte auch die Brille nicht fehlen. Daneben saßen dann aber auch die Vertreter des konservativen Flügels: ausgestattet mit Jackett und teuren Lederschuhen wirkten sie wie Jungpolitiker auf einem Parteitag. Ein ähnliches Bild war auch bei den Frauen zu beobachten: Ungeschminkte Mädels mit Pferdeschwanz und flachen Schuhen neben wunderhübschen Kostümträgerinnen, die ihre Haare offen trugen.

Sein Blick fiel auf Benjamin, der direkt neben ihm saß und zu den Studenten gehörte, die mit voller Aufmerksamkeit dabei waren: Seine Augen waren fokussiert und er schien jedes Wort auf zu saugen. Zwar hatte er sein Skript ebenso mit Kommentaren erweitert wie Mark, aber seine Ergänzungen sahen irgendwie aufgeräumter und sauberer aus. Es würde wohl wieder darauf hinauslaufen, dass Benjamin ihn während der gemeinsamen Übungsabende das trockene Fachwissen einimpfte. Bis zur nächsten Klausurenrunde war es noch ein paar Wochen hin, da wollte sich Mark auch nicht verrückt machen. Stattdessen lenkte ihn ein neuer Gedanke ab: Heute Abend würde er Kerstin zum Essen ausführen. Der Anlass war ihr dreimonatiges Zusammensein. Endlich hatte er seine Freundin einmal wieder für sich und es wurde ihm ganz warm ums Herz. Ihm wurde bewusst, dass er der Vorlesung für mindestens zwei Minuten gar nicht mehr gefolgt war. Benjamin hatte sich Notizen gemacht und Mark schrieb diese eiligst ab, ohne den Sinn wirklich zu verstehen. Er versuchte, sich wieder auf die Worte von vorne einzustellen. Aber bis zum Schluss der Stunde tat er sich sehr schwer. Endlich ertönte der dumpfe Klang des Pausengongs und erleichtert blies Mark die Backen auf.

„Nein, ich fand das war keine coole Vorlesung!", entgegnete Mark auf Benjamins Frage.

Beide schlenderten Richtung Ausgang und hatten ihre Rucksäcke locker geschultert.

„Ich befürchte, dass ich das alles mit Dir noch einmal durchgehen muss!"

„Echt alles?", fragte Benjamin stirnrunzelnd.

„Ist wirklich nicht meine Welt!"

„Na schön, bekommen wir hin!", grinste Benjamin. Es machte ihm nichts aus, seinem besten Freund zu helfen. Außerdem konnte er, wenn er den Stoff in seinen Worten vortrug, auch noch einmal das Wissen für sich selbst festigen.

„Wenn ich Dich nicht hätte! Vielen Dank schon mal im Voraus!"

Mark tätschelte Benjamins Schulter und schaute dann verstohlen auf die Uhr. Eigentlich hätte er die Uhrzeit ziemlich genau wissen müssen, war aber durch die vergangenen Neunzig Minuten etwas durch den Wind.

„Ich fahre dann mal nach Hause", sagte er.

„Vorbereitungen für Dein Date?", Benjamin musste schon wieder grinsen. „Du bist ja echt total verschossen in Kerstin, oder?"

„Ja, ich bin verrückt nach ihr", gab Mark mit einem träumerischen Blick zu.

Fünf Minuten später blies ihm der Fahrtwind um die Ohren. Es war weder warm noch kalt und Mark sog die Luft tief ein. Die Vorlesung schwang ihm noch nach, aber seine Gedanken kreisten nur noch um Kerstin. Zu Hause angekommen aß er eine Banane und trank etwas Wasser. Dann duschte er ausgiebig und überlegte anschließend, was er anziehen würde. Er entschied sich für seine Lieblingsjeans und ein weißes Hemd. Das war nicht zu vornehm und auch nicht salopp. Nach einem Blick in den Spiegel zog er das Oberteil aus und bügelte es noch einmal. Er hasste es zu bügeln, aber es sollte heute Abend alles möglichst perfekt sein.

Obwohl es gerade einmal kurz nach sechs Uhr abends war, ging er schon los. Er ließ sein Fahrrad absichtlich stehen, weil er nicht schwitzen und seine Haare durcheinanderbringen wollte. Zu Kerstins Wohnung brauchte er mit dem Drahtesel nicht einmal Zwanzig Minuten. Mit dem Bus dauerte es fast eine dreiviertel Stunde. Diese Zeit hatte er natürlich einkalkuliert und marschierte flotten Schrittes zur Haltestelle.

Etwas zu früh klingelte er an ihrer Wohnungstür und hörte ein paar Sekunden später ihre Stimme. Oben angekommen öffnete sich ihre Wohnungstür und Kerstin kam zum Vorschein: Sie hatte ihren kurzen Bademantel an und ihre Erscheinung war ein positiver Schock für ihn. Kerstin war schon vollständig geschminkt und sah sagenhaft aus, fand er. Mark traute sich gar nicht, sie auf ihren roten Mund zu küssen. Sie lachte und erklärte, dass der Lippenstift das abkönne. So gab er ihr einen innigen Kuss – den ersten von sehr vielen an diesem Abend.

Nachdem Sie noch einmal ins Bad verschwunden war, präsentierte sich Kerstin ein paar Minuten später in ihrem Ausgeh-Outfit: Sie trug eine auffällige pinke Bluse. Diese war leicht durchsichtig und man konnte ihren BH darunter erahnen. Dazu hatte sie einen schwarzen Minirock an, der ihre schlanken Beine perfekt zur Geltung brachte. Pumps und eine Handtasche rundeten das Gesamtbild ab. Mark pfiff anerkennend und Kerstin drehte lächelnd eine Pirouette. Dabei roch er ihr verführerisches Parfum.

Sie fuhren mit Kerstins Kleinwagen aus der Stadt zu einem Restaurant in einem kleinen Dorf. Obwohl verkehrstechnisch eigentlich ungünstig gelegen, war es ein exquisites Etablissement und hatte einen guten Ruf. Mark wusste um die Preise und hatte die letzten beiden Wochen sehr spartanisch gelebt, nur um es heute Abend monetär krachen zu lassen. Neben der Eingangstür war eine bronzene Platte angebracht mit 1 Stern darin – Mark war beeindruckt.

Die Speisekarte bestand nur aus einem kunstvoll gearbeiteten Blatt, welches auf einer Holztafel angebracht war. In goldener Schrift waren lediglich fünf Gerichte beschrieben. Trotzdem wusste Mark nicht so recht, was er bestellen sollte. Das Rinderfilet sagte ihm noch am meisten zu, aber das war auch das teuerste. Er entschied sich für ein anderes Mahl und hoffte, dass ihm auch dieses schmecken würde.

Während des Essens herrschte eine sehr entspannte Atmosphäre, trotzdem war Mark nervös. Kerstin flirtete mit ihm und obwohl die beiden ja schon ein Paar waren, machten ihre Avancen ihn irgendwie unruhig. Er bemerkte, wie unter dem Tisch plötzlich ihr Bein seinen Oberschenkel streichelte und in seinem Schritt landete. Das war ihm sichtbar peinlich und er konnte die Erotik des Augenblicks gar nicht so genießen, wie er es eigentlich gerne gehabt hätte. Er wollte diese Frau so sehr! Aber in der aktuellen Umgebung fühlte er sich etwas beklommen und konnte die körperlichen Schmeicheleien seiner Freundin nicht annehmen.

Als das Essen geliefert wurde, sah Mark einen recht übersichtlichen Teller vor sich. Dafür schmeckte es aber verteufelt gut; das musste Mark anerkennen. Er beruhigte sich etwas und genoss jeden Bissen. Ihm fiel auf, dass der eine oder andere männliche Besucher an den Nebentischen seine Begleiterin verstohlen musterte. Sogar ein älterer Herr nur mit Haarkranz schenkte Kerstin bewundernde Blicke. Ob sie das auch bemerkte? Jedenfalls ließ sie sich nichts anmerken. An diesem Abend hatte Mark ihre volle Aufmerksamkeit und das machte es für ihn besonders schön.

Nach dem sehr schmackhaften Mahl kam der Kellner noch einmal mit der Dessertkarte. Kerstin warf nur einen kurzen Blick darauf, dann beugte sie sich vor und sagte mit verschwörerischem Blick: „Den Nachtisch gibt es zu Hause!" und blinzelte ihm zu. Mark spürte, wie dieses Versprechen sein Blut in Wallung brachte. Ebenso war er erleichtert, denn nicht nur stand eine sehr aufregende Liebesnacht bevor, sondern er konnte auch seinen Geldbeutel etwas schonen.

Als die Rechnung kam, hatte er Mühe seinen Respekt vor der Summe zu verbergen. Schon im Vorfeld hatte er sich vorgenommen, ganz gefasst zu reagieren. So ganz funktionierte das nicht, aber Kerstin bemerkte nichts. Oder sie entschied sich dazu, nichts zu bemerken. Jedenfalls reichte sein Bargeld gerade eben so, dass das nötige Trinkgeld einigermaßen zur Rechnungssumme passte.

Draußen war es stockdunkel, aber nicht kalt. Diese laue Sommernacht passte total zur Situation. Als sie das Restaurant verließen, fühlte Mark sich freier. Die Rückfahrt zu Kerstins Wohnung kam ihm irgendwie langsam vor. Während der ganzen Fahrt ließ Kerstin ihre Hand auf seinem Bein liegen und streichelte ihn. Wie praktisch, dass ihr Auto eine automatische Schaltung besaß. Kaum hatte sie den Wagen zu Hause geparkt, fing Mark an sie leidenschaftlich zu küssen. „Komm!", hauchte sie ihm einfach nur ins Ohr. Sie löste sich und stieg aus.

Während Kerstin die Wohnungstür aufschloss, musterte Mark seine Freundin von hinten. Er war gespannt bis in die Haarspitzen und bewunderte ihre makellose Figur. Ein paar Sekunden später küssten sich die beiden so heftig, dass fast ihre Zähne aneinander schlugen. Mark spürte ihren warmen Körper, ihre sanften Brüste eng an seinem Körper und roch ihren einladenden Duft. Sie griff ihm ungeniert in den Schritt und spürte seine Männlichkeit. Immer schien sie zu wissen, was ihn wahnsinnig werden ließ.

Obwohl sie eigentlich eine zierliche Gestalt hatte, warf sie Mark aufs Bett. Geschmeidig wie ein Tiger sprang sie auf ihn und von da an verschwamm alles in einer Mischung aus Leidenschaft und wildem Sex. Das einzige Bild, was ihm von dieser Nacht immer in Erinnerung blieb, war Kerstins Gesicht: Ihre geschlossenen Augen und der weit geöffnete Mund, als er sie ausgiebig zwischen ihren Schenkeln küsste und sie schließlich dabei kam.

Fußballabend

Erschöpft rieb sich Mark die müden Augen und gähnte herzhaft: So konzentriert wie in den letzten beiden Stunden hatte er schon lange nicht mehr gearbeitet. Zufrieden betrachtete er sein Werk. Die Ausarbeitung umfasste stolze Neunzehn Seiten und beinhaltete alles, was in ein Konzept gehörte. Die Grundideen waren zwar nicht seine, aber die ganzen Ausschmückungen kamen exklusiv von Mark. Gerade hatte er die Formatierung des Dokumentes beendet und lies noch einmal die Rechtschreibprüfung laufen. Drei weitere Minuten später war er endgültig fertig.

Er druckte das Dokument aus und legte es in einen grauen Schnellhefter. Dieser kam in einen Hauspostumschlag und er schrieb in Druckbuchstaben „Herr Schmidt", sowie dessen Zimmernummer als Empfänger darauf. Natürlich hätte er das ganze per E-Mail schicken können. Aber so ein ausgedrucktes Dokument machte seiner Meinung nach viel mehr her. Und neben dem Inhalt war auch die Darreichungsform ein wichtiger Faktor, wenn man seinen Chef beeindrucken wollte. Mit einem letzten Blick legte er den Umschlag in sein Ausgangspostfach.

Zufrieden rieb er sich die Hände und prüfte die Uhrzeit. Bis zur Mittagspause war noch eine gute halbe Stunde Zeit. Er nahm das Telefon und wählte die interne Büronummer von Astrid. Nach ein paar Sekunden meldete sich ihr Anrufbeantworter. Höchstwahrscheinlich war sie bei einem auswärtigen Termin und kam erst spät ins Büro, wenn überhaupt. Mark legte auf. Dann kam ihm ein neuer Gedanke und er suchte im Telefonverzeichnis die Nummer von Lena, der hübschen Auszubildenden. Eine Minute später hatte er ihre Durchwahl.

„Müller, wie kann ich helfen?", meldete sich eine Mädchenstimme.

„Hallo Lena! Wie geht es Dir?", fragte Mark mit einem Grinsen im Gesicht. Er hatte gehört, dass man beim Telefonieren möglichst stehen und lächeln sollte. Auf ersteres hatte er aus Gründen der Bequemlichkeit verzichtet.

„Gut! Danke, Mark! Und Dir?"

Sie erkannte offensichtlich seine Stimme und nannte ihn beim Vornamen – ein gutes Omen!

„Sehr gut geht es mir. Hättest Du Lust auf eine gemeinsame Mittagspause?"

Eine kurze Stille trat ein, bevor sie antwortete: „In Ordnung."

„Gut, dann hole ich Dich um Zwölf Uhr ab!"

Mark kam in den Sinn, dass er gar nicht wusste, wo sie saß. Er stellte die Frage danach, notierte Lenas Antwort und verabschiedete sich.

Er ging vor der Pause noch einmal rauchen und auf die Toilette. Draußen war es nasskalt und unangenehm, aber Mark fror nicht. Als er wiederkam, stand auf einmal Herr Berthold vor ihm.

„Herr Kessler ...", begann er, „wie sieht es aus mit meinem Konzept?"

Der Kollege lächelte freundlich und ohne Argwohn.

„Es sieht gut aus!", antwortete Mark. Er bat den Kollegen nicht in sein Büro, denn er wollte die Diskussion kurz halten.

„Ich habe Ihre Grundidee aufgenommen und erweitert. Ich muss das noch finalisieren und dann schauen wir weiter", log Mark. Er wollte erst einmal selbst sehen, wie der Vorschlag bei seinem Chef ankam.

Das Lächeln verschwand nicht aus dem Gesicht von Herrn Berthold. Er nickte stattdessen und wollte wissen, was Mark denn an seinem Konzept geändert hatte. Mark vertröstete den Kollegen auf ein anderes Mal.

Auch diese Antwort schluckte der Kollege. Er bedankte sich und ging dann wieder weg.

Ein paar Minuten später stand Mark vor einer Bürotür, die zum Controlling gehörte. Hier war er selten zu Gast und kannte sich nicht gut aus. Ohne zu klopfen trat er ein und sah sofort Lena, die noch beschäftigt aussah. Tatsächlich hatte sie wohl nicht auf die Uhr geschaut, denn sie wirkte überrascht. Dann lächelte sie und zeigte ihre makellosen Zähne. Etwas hektisch beendete sie das, was sie tat und nahm ihre Handtasche.

Als sie allein auf dem Gang waren, fragte Mark: „Und, wo sollen wir hinfahren?"

„Ich dachte wir gehen in die Kantine?", entgegnete die Auszubildende mit hochgezogenen Augenbrauen.

„Iwo, der Fraß schmeckt doch immer gleich", winkte Mark ab.

„Ich habe aber nur eine dreiviertel Stunde Zeit", wand sie ein.

„Auf ein paar Minuten kommt es doch nicht an", wischte Mark ihre Bedenken weg.

Damit war die Sache für ihn entschieden und gemeinsam gingen sie zum Parkplatz. Mark fuhr zu einem kleinen Bistro. Hier hatte er auch sein erstes Mittags-Date mit Astrid gehabt. Sie bestellte einen Salat und er Pasta. Beim Warten auf das Essen musterte er ihr Gesicht. Heute hatte sie ihre rote Mähne mit einer Haarklammer gebändigt. Ihre Augen waren leicht geschminkt und er starrte auf ihre süßen Sommersprossen.

„Wie gefällt es Dir denn in Deiner Abteilung?", versuchte Mark sich im Smalltalk.

Lena verzog etwas das Gesicht. Sie erzählte, dass es gerade sehr stressig sei, weil eine Kollegin in Elternzeit war und ein anderer Mitarbeiter schon seit zwei Wochen krank. Diese zusätzliche Arbeit verteilte sich gerade auf das Team und sie bekam eine Menge davon ab. Außerdem war demnächst ihre Prüfung und sie war schon jetzt sehr aufgeregt.

Das mit der anstehenden Prüfung hatte Mark ganz vergessen. Im selben Augenblick erinnerte er sich auch an die in Aussicht gestellte Projektassistenzstelle und im nächsten Moment fragte sie auch schon danach.

Mark musste tief in die Trickkiste greifen: Einerseits wollte er sich nicht zu weit aus dem Fenster lehnen, andererseits wollte er Lena bei der Stange halten.

„Die wollen das wohl von Deinem Prüfungsergebnis abhängig machen", sagte er mit ernster Stimme. „Ich mache denen Druck, weil ich unbedingt jemanden brauche", spannte er den Bogen noch weiter. „Wir wollten uns darüber ja sowieso mal etwas ungestörter unterhalten. Wann hast Du abends denn mal Zeit?"

„Ich muss jetzt jeden Abend lernen. Nach meiner Prüfung habe ich mehr Zeit."

Mark war ungeduldig und wollte jetzt sofort ein Date ausmachen.

„Du musst auch mal abschalten, Lena! Sonst machst Du Dich nur selbst verrückt! Ein kleiner Drink tut nicht weh, sondern bringt Dich auf andere Gedanken!"

Er machte eine kurze Pause, um seine Sätze wirken zu lassen. „Morgen Abend so gegen Acht? Oder lieber später??", versuchte er es.

Lena schient überfordert und zuckte mit den Schultern. Also entschied Mark für sie und nahm den früheren Termin. Schon überlegte er, in welche Bar er sie einladen würde.

Nach dem Essen ließ er sich ihre Adresse geben und sie warteten auf die Rechnung. Lena zückte ein auffälliges gelbes Portemonnaie und Mark überlegte kurz, ob er sie einladen sollte. Er verzichtete darauf und jeder zahlte für sich. Stattdessen half er ihr in die Jacke. Dabei sog er ihren Duft ein. Am liebsten hätte er sie jetzt sofort verführt, aber stattdessen fuhren sie wieder zurück zum Büro.

Den ganzen Nachmittag konnte sich Mark gar nicht motivieren. Er hatte nichts zu tun und immer nur Kartenspiele an seinem PC zu spielen brachte ihm auch keinen Spaß. Er machte eine längere Nikotinpause und probierte es danach noch einmal auf dem Büroanschluss von Astrid. Wieder nur eine Ansage! Genervt nahm er die Wirtschaftszeitung zur Hand. Aber er überflog die Artikel nur. Immer wieder kamen ihm erotische Gedanken bezüglich Lena in den Kopf. Wie er sie auszog und sie sich vor ihm bückte. Ihre langen roten Haare waren offen und sie trug einen schönen Stringtanga. Sie kniete vor ihm und blies ihn voller Hingabe. Als er richtig hart war, drehte sie sich von sich aus um. Er zog den String zur Seite und drang hart in sie ein. Immer wieder stieß er zu und nahm ihre Haare in seine Faust. Er zog an ihrer Mähne und sie stöhnte laut auf. Entweder war das ein Schmerzens- oder ein Lustschrei. Am besten beides! Wieder stieß er heftig zu und seine Hüften klatschen gegen ihren Po.

Mark merkte, dass er nun tatsächlich eine große Erektion hatte. Was konnte er tun, wenn keine Frau in der Nähe war? Er ging schnell um die Ecke auf die Toilette. Ein kurzer Blick unter den Spalt der drei Kabinen verriet ihm, dass keiner da war. Er schloss sich in der dritten Kabine ein und machte gedanklich dort weiter, wo er vor einer Minute aufgehört hatte. Sein Schwanz war immer noch hart und in Gedanken nahm er Lena von hinten hart ran. Ihr Stöhnen wurde in seiner Fantasie immer lauter und ihr ganzer Körper erzitterte bei jedem neuen Stoß. Schließlich kam er in seiner Fantasie wie auch in der Realität. Allerdings war er leise dabei und sah zu, wie sein Sperma in das Toilettenbecken fiel.

Mark seufzte tief und säuberte sich. So einen Ausflug in den Keramikbereich hatte er noch nie unternommen. Er hatte das Glück, dass sich Astrid manchmal in der Mittagspause von ihm verführen lies. Aber auch sie hatte in letzter Zeit sehr viel zu tun. Auf jeden Fall ging es ihm jetzt besser und er wusch sich ausführlich die Hände. In seinem Büro angekommen prüfte er noch einmal die Uhrzeit. Es war 12 Minuten vor Vier und eindeutig zu früh, jetzt schon Feierabend zu machen. Außerdem hatte er keine Lust, so früh zu Hause zu erscheinen. Dann hätte er Zeit mit Veronika verbringen müssen.

Eine halbe Stunde später machte Mark dann doch Schluss, fuhr aber nicht direkt nach Hause. Er aß noch einen Döner, rauchte anschließend eine Zigarette und sah sich die Leute an, die durch die Stadt gingen. Zwischendurch hatte es genieselt und die Straßen waren dunkel vor Nässe. Nach einer weiteren Zigarette ging er schließlich zurück zum Auto. Er kam dann zur normalen Feierabendzeit zu Hause an.

Wie immer war Veronika schon da und schaute etwas im Fernsehen an. Sie erzählte von ihrem Tag und klang dabei nicht sehr erheitert. Ihr Job als Krankenschwester war auch nicht gerade einfach und das Schicksal so manches Patienten nagte an ihr. Schweigend hörte Mark zu. Irgendetwas hatte er heute Abend vorgehabt, daran konnte er sich noch erinnern.

„Triffst Du Dich noch mit Ben?", fragte Veronika unvermittelt. Mark schaffte es, nicht überrascht auszusehen. Genau, das war es gewesen! Sie wollten das Fußballspiel in einer Kneipe anschauen.

„Ja, aber erst später." Mark stand auf und ging in die Küche, um sich etwas zu essen zu machen, obwohl er gar keinen Hunger hatte. Rein aus Routine schmierte er sich ein Brot und verzehrte es in der Küche, um etwas allein zu sein. Pappsatt kehrte er ein paar Minuten später ins Wohnzimmer zurück.

„Und was meinst Du nun dazu?", fragte Veronika, „Soll ich ab Morgen Doppelschichten schieben?"

Sie knüpfte an ihre Unterhaltung von vorhin an. Mark überlegte: Dann hätte er auch mal am Abend seine Ruhe, ohne aus dem Haus gehen zu müssen. Außerdem wäre es praktisch, wenn er Lena treffen würde.

Er versuchte, sich seine Freude nicht anmerken zu lassen.

„Wenn es nur eine Ausnahme bleibt, dann kannst Du es ja machen. Es darf aber kein Dauerzustand werden!"

„Schön, dass Du das so siehst!", erwiderte Veronika. Sie setzte sich zu ihm und schmiegte sich in seinen Arm.

Mark ließ es geschehen und streichelte mechanisch ihren Kopf. Sie mochte das gerne und Mark hätte sie küssen können, wenn er Lust dazu gehabt hätte. So aber saßen sie nur schweigsam beieinander und starrten auf das Fernsehbild.

Knapp zwei Stunden später bestellte Mark sich ein Bier in der Kneipe. Er war absichtlich früher losgefahren und sah sich nun am Tresen um. Es war nicht seine Stammkneipe und deswegen kannte er auch niemanden hier. Aber ab und zu traf er sich hier mit Benjamin, um wichtige Fußballspiele zu schauen. Überall hingen Fernseher und im hinteren Bereich war auch eine große Leinwand. Der Wirt hatte den Ton noch nicht aufgedreht, weil erst die Vorberichterstattung gezeigt wurde. Durch voll aufgedrehte Heizkörper war es angenehm warm, roch aber nach Bier und Zigarettenrauch.

Es waren leider fast nur Männer zugegen. Das war keine große Überraschung für die Besucher einer Sportbar. Die wenigen weiblichen Gäste waren sehr jung und spielten Pool-Billard mit ebenso jungen Männern. Die waren bestimmt nicht wegen der Übertragung des Spieles hier. Mark musterte eines der Mädchen, welches vielleicht gerade volljährig war. Sie trug ihre Haare offen und hatte ein sehr hübsches Gesicht. Ihr Begleiter trug Vollbart, was ihn wesentlich älter erscheinen ließ. Mark schätzte ihn auf Anfang Zwanzig ein.

Kurz vor dem Anstoß hatte Mark sein Bier schon zur Hälfte leer und wollte sich gerade eine Zigarette anstecken. Schließlich traf Benjamin ein. Sein bester Freund sah aus wie immer und kam mit großen Schritten auf ihn zu. Sie herzten sich kurz und Benjamin nahm neben Mark am Tresen Platz. Ben erkundigte sich nach Marks Befinden und wollte auch wissen, wie es Veronika geht. Mark antwortete recht einsilbig, weil es nur wenig Interessantes zu erzählen gab.

Also begann Benjamin zu erzählen: Ein wichtiges Projekt verlangte seine ganze Aufmerksamkeit; er musste viel reisen; hatte kaum Zeit für seine Freundin und so weiter. Die meiste Zeit ging es nur um seine Arbeit. Der Kunde, für den Benjamin gerade einen Großteil seiner Freizeit opferte, war sehr bekannt: Es handelte sich um einen großen Pharmakonzern, in dessen Zentrale gerade alles geändert wurde. An der Art, wie Benjamin es erzählte, erkannte Mark wie wichtig das Projekt für seinen Arbeitgeber und für Benjamin selbst war.

Die Erzählung ging auch weiter, als das Spiel längst angepfiffen wurde. Irgendwann nervte es Mark. Es fühlte sich für ihn fast so an, als wenn er nach Hause kommen würde und die Sorgen von Veronika anhören muss-te. Er achtete mehr auf das Spiel und nickte nur ab und zu in die Richtung von Benjamin.

In der Pause entschuldigte er sich kurz und ging in den Sanitärbereich. Beißender Geruch nach Urin und Klostein empfing ihn. Ein übergroßer Automat pries Kondome und Sexartikel an. Mark überlegte kurz, ob er ein Päckchen Präservative kaufen sollte. Schließlich hatte er Morgen eine abendliche Verabredung mit Lena. Ohne Gummi gefiel es ihm allerdings besser und außerdem hat-te er kein passendes Kleingeld parat. So ver-warf er den Gedanken.

Wieder zurück auf seinem Platz, versuch-te er die Konversation in eine andere Rich-tung zu lenken.

„Wie läuft es eigentlich mit Deiner neuen Behausung?", fragte er. Benjamin war zwar schon seit einem halben Jahr mit Marit zu-sammen in eine große Wohnung gezogen. Aber weil beide so viel arbeiteten, war im-mer noch nicht alles so eingerichtet, wie es sein sollte.

„Oh je", erwiderte Benjamin und hob ab-wehrend seine Hände. „Irgendwie kommen wir da kaum weiter. Am Wochenende muss ich manchmal ins Büro und bin dann so geschafft, dass ich froh bin meine Ruhe zu haben", erklärte er.

Dann fing er schon wieder an von seiner Arbeit zu reden. Die anderen Tätigkeiten müsste er halt am Wochenende machen und so weiter. Wie langweilig, fand Mark. Am liebsten hätte er gefragt, ob Benjamin denn überhaupt noch Zeit hätte, mit Marit zu schlafen. Aber er verkniff es sich, diese provokante Frage zu stellen.

Das Spiel ging Eins zu Null für die Heimmannschaft aus. Ein Elfmetertor zum Ende der ersten Halbzeit wurde bis zum Ende verteidigt. Nun ja, Mark hatte schon unterhaltsamere Partien gesehen. Er wollte jetzt nach Hause ins Bett und verabschiedete sich.

Veronika schlief schon – es war spät und sie brauchte ihre Kraft für die nächsten Tage Doppelschicht. Aber selbst, wenn sie normalen Dienst hatte, musste sie immer sehr früh aus dem Haus. So hatte Mark jeden Morgen Ruhe, die er genoss. Er dachte noch einmal kurz an Lena und seine krasse Aktion am Nachmittag. Mit dem Gedanken an die junge Auszubildende schlief er dann ein.

Heimkur

So ein Pech, dachte Mark. Es hatte sich schon am gestrigen Tag angedeutet, dass er eine Erkältung bekommen würde. Mehrmaliges niesen, allgemeines Unwohlsein und eine träge Lustlosigkeit waren eindeutige Vorzeichen gewesen. Eigentlich hatte er vor, die Wohnung heute auf Vordermann zu bringen. In der Küche sah es einigermaßen erträglich aus. Das war auch auf den Abspülfimmel von Benjamin zurückzuführen. Aber der Rest der Wohnung hätte nicht als Werbung für ein Einrichtungshaus getaugt. Außerdem wollte er seine Aufzeichnungen der Vorlesungen durchgehen und noch einmal die wichtigsten Punkte Revue passieren lassen.

Nun aber war es schon um halb Zehn, als plötzlich das Telefon klingelte. Zwar war Mark schon wach, aber eigentlich döste er noch und konnte sich nicht aufraffen aufzustehen. Da Benjamin übers Wochenende weggefahren war, musste er selbst hingehen. Gähnend und noch im Pyjama nahm er den Hörer ab.

„Ja?", fragte er halb benommen.

„Hallo! Was ist denn mit Dir los?", fragte seine Mutter. Sie merkte schon nach einem

Wort, dass ihr Sohn sich nicht gesund anhörte.

Mark gähnte und hatte einen ekligen Geschmack im Mund.

„Ich glaube ich bin erkältet."

Sofort wechselte die besorgte Mutter in den Krankenschwester-Modus und sprach beruhigend auf ihn ein. Durch Nachfragen bekam sie heraus, dass ihr Sohn weder Medikamente im Haus hatte noch irgendwelche beruhigenden Teesorten oder sonstige Heilmittel. Kurzentschlossen schlug sie vor, bei ihm vorbeizufahren und ihn zwecks Pflege nach Hause zu holen.

So kam es also, dass nur eine halbe Stunde später Mutter Kessler vorfuhr. Mark hatte sich angezogen und eine Tasche mit ein paar Sachen gepackt. Mehr Energie hatte er nicht aufbringen können. Selbst das Aufstehen von der Couch, als es an der Wohnungstür klingelte, fiel ihm schwer. Seine Mutter lächelte ihn an und nahm ihn in den Arm. Sofort kam er sich wieder wie ein kleiner Junge vor. Eigentlich war ihm das zuwider, aber in seiner momentanen Verfassung ließ er sich das gefallen. Draußen war es frisch, aber schön sonnig. Er atmete tief ein, bevor er in den Wagen stieg.

Eine kurze Autofahrt später waren sie beim Elternhaus angekommen und Mark wackelte seiner Mutter hinterher. Die vertraute Umgebung sorgte dafür, dass er sich sofort heimisch fühlte, obwohl ihm körperlich nicht sehr wohl war. Seine Mutter machte ihm einen Tee und holte eine pflanzliche Medizin aus dem Schrank. Mark lümmelte sich auf die Couch und wurde unter einer flauschigen Decke begraben. Kurze Zeit später hatte er einen heiß dampfenden Kamillentee vor der Nase und nahm vorsichtige Schlucke. Seine Mutter hatte noch Honig zugesetzt. Warum hatte er solche simplen Dinge nicht bei sich zu Hause? Egal, jetzt war er ja hier.

Während seine Mutter ihm eine Suppe kochte, relaxte Mark weiter im Wohnzimmer. Er bewegte sich dabei keinen Zentimeter auf dem Sofa, sondern schaute alte TV-Serien im Nachmittagsprogramm. So etwas hatte er seit Ewigkeiten nicht mehr gemacht. Hatte er überhaupt mal an einem Samstagnachmittag Fernsehen geguckt? Vielleicht mal als Kind, wenn das Wetter schlecht war. Auf jeden Fall genoss er die Aufmerksamkeit seiner Mutter und hatte ein sehr behagliches Gefühl.

Am frühen Abend tauchte auch Marks Vater auf, der vom Sportplatz kam. Bei den

Heimspielen der lokalen Fußballmannschaft schaute er gerne zu. Wobei es vielleicht auch nur ein Vorwand war, um mit ein paar Kumpels Bier im Vereinsheim zu trinken. Nach ein paar warmen Worten ließ ihn der Vater ihn Ruhe und setzte sich zu seiner Frau in die Küche. Die Mutter machte gerade das Abendessen, was durch angenehme Gerüche und das obligatorische Klappern von Töpfen und Schüsseln offensichtlich war. Da Marks Nase gerade nicht so gut funktionierte, konnte er nicht identifizieren, was seine Mutter da zauberte. Als er sich dann später zum Esstisch aufmachte stellte er zufrieden fest, dass Hühnerfrikassee serviert wurde. Trotz seiner Erkältung hatte er Appetit und aß seinen Teller leer.

Die Konversation am Tisch war leise und seine Eltern waren glücklich, dass ihr Sohn endlich einmal wieder Zeit zu Hause verbrachte. Obwohl er in derselben Stadt wohnte, war er seit seinem Studienbeginn selten zu Hause. Da die Uni auf der anderen Seite der Stadt war und er sich eine gute halbe Stunde Wegzeit sparte, hatte er sich dazu entschieden, eine eigene Bleibe im Studentenwohnheim zusammen mit Benjamin zu nehmen. Durch Studentenjobs und staatliche Unterstützung konnten sie es sich gerade so leisten. Aber natürlich war der eigentliche Grund die Unabhängigkeit von zu Hause. Finanziell wäre es anders herum einfacher gewesen, aber trotz des dauernden Geldmangels fand Mark es gut so wie es war.

„Wie geht es denn Deiner kleinen Freundin?", frage sein Vater neugierig.

Er war schon beim Dessert und genoss seinen Vanillepudding mit Himbeeren. Mark musste innerlich grinsen, denn eigentlich war seine Mutter üblicherweise für solcherlei Fragen zuständig.

„Es geht ihr gut. Sie ist mit ihrer Mama in einem Wellness-Hotel", gab Mark bereitwillig Auskunft. Ihm kam in den Sinn, dass er die Eltern von Kerstin nur von Fotos her kannte. Die Mutter war im Prinzip eine ältere Ausgabe von Kerstin, mit nicht ganz so langen Haaren und einem attraktiven Gesicht. Der Vater war groß und sah aus wie ein Bär. Auf dem Foto, was Mark in Kerstins Wohnung neugierig betrachtet hatte, trug er einen schwarzen Rolli und sah gepflegt und wohlgenährt aus. Irgendetwas bedrohliches ging von ihm aus, aber was genau es war konnte Mark nicht bestimmen. Sein eigener Vater dagegen hatte eine völlig andere Ausstrahlung und wirkte eher gemütlich und freundlich.

Nach dem Essen wollte der Vater die Sportnachrichten gucken. Mark interessierte sich nicht so für Fußball und half seiner Mutter beim Aufräumen. Sie erzählte ihm von ihren Erlebnissen mit komischen Kunden im Supermarkt. Mark grinste bei ihren Anekdoten. Eigentlich hätte seine Mutter sich eine höherwertige Aufgabe im Büro aussuchen können. Aber stattdessen blieb sie dem Discounter treu, bei dem sie schon 13 Jahre beschäftigt war. Die Büroarbeit wäre besser bezahlt, aber seine Mutter wollte sich nicht mehr dem Stress aussetzen, den sie damit verband. Nach Marks Geburt blieb sie damals zu Hause und nahm erst wieder einen Job an, als er schon zur Schule ging. Und diesen Job hatte sie jetzt immer noch.

Als Mark fertig abgetrocknet hatte, ging er ins Wohnzimmer, wo gerade der Bericht vom Spiel des Tages gezeigt wurde. Anscheinend ging der Tabellenführer überraschend bei einem Aufsteiger unter, soso. Mark versteckte sich wieder unter der Decke, so dass nur sein Kopf hervorlugte. Nach der Sportschau wurden die Nachrichten geschaut. Stumm nahmen sie die neuesten Zahlen über Arbeitslose zur Kenntnis und freuten sich über eine gute Wetterprognose.

Den Rest des Abends sahen sie einen amerikanischen Krimi an. Es ging um eine Gruppe von Spezialisten, die einen Koffer stehen sollten. Der Film spielte in Europa und war spannend in Szene gesetzt. Einer aus dem Team spielte ein falsches Spiel und betrog den Rest der Truppe. Der Film gefiel Mark und auch seinem Vater. Die Mutter las währenddessen in Illustrierten und bekam von der Action auf dem TV-Schirm nichts mit.

Danach verschwand Mark in sein Zimmer. Es war irgendwie merkwürdig für ihn, in seiner alten Bude Zeit zu verbringen. Als er damals auszog, hatte er vieles aus seiner Kinder- und Jugendzeit entsorgt. Aber die Möbel, die Tapete und der Geruch waren immer noch gleich. Ein paar Sachen, von denen er sich nicht hatte trennen können, waren ebenfalls noch da. Fast jedes Ding assoziierte er mit einer Erinnerung aus seiner Vergangenheit. Mit Gedanken an seine Kindheit ging er ins Bett und schlief schnell ein.

Als es am nächsten Morgen an seiner Zimmertür klopfte, musste es schon richtig spät sein. Durch die Ritzen der Rollladen drang penetrante Helligkeit. Ein Blick auf seinen alten Wecker zeigte kurz nach halb Zehn an. Wow, da hatte er doch mindestens

Elf Stunden geschlafen. Wann hatte er das letzte Mal so lange geruht?

„Guten Morgen, Mark! Geht es Dir besser? Möchtest Du frühstücken??", wollte seine Mutter wissen.

„Morgen, Mama! Ja, geht schon besser. Ich komme sofort!", erwiderte er.

Seine Nase war noch verstopft, aber er fühlte sich schon etwas mehr bei Kräften. Durch das Frühstück mit frisch aufgebackenen Brötchen tankte er Energie für den Tag.

„Wir sollten einen Spaziergang machen. Die frische Luft wird Dir guttun!", schlug sein Vater vor. Also ging die ganze Familie nach draußen. Mark hatte eine alte braune Jacke an, die ihn gut wärmte. Draußen war es aber gar nicht kalt. Ein Frühnebel begann sich aufzulösen und die Sonne kämpfte sich durch. Es würde ein schöner Tag werden und Mark genoss es, einmal nicht über die Hochschule nachdenken zu müssen. Er dachte an Kerstin und darüber, was sie wohl gerade tat. Vielleicht ließ sie sich gerade massieren oder schwamm eine Runde im Hotelpool?

Die Familie ging um ein paar Felder herum und ein Stück in den Wald. Mark bemerkte, wie die frische Luft der grünen Bäume ihm gut tat. Seine Nase öffnete sich langsam. Nach einer guten Stunde trudelte das Trio wieder zu Hause ein. Mark hatte den Spaziergang genossen und fühlte sich gut. Sein Vater bat ihn, sich einmal den Computer anzuschauen, bei dem irgendetwas nicht stimmte. Es waren nur ein paar Aktualisierungen, die er einspielen musste. Bereitwillig gab Mark die entsprechenden Befehle und die störenden Meldungen würden beim nächsten Neustart verschwunden sein.

Viel lieber als mit dem Rechner beschäftigte sich sein Vater mit seiner Briefmarkensammlung. Mark kannte sonst niemanden, der sich tatsächlich mit den Postwertzeichen beschäftigte. Er hatte überhaupt kein Interesse daran und fand es ziemlich langweilig. Andererseits gönnte er seinem Vater dieses Hobby, welches er schon seit vielen Jahren hatte. Sie waren einmal zu so einer Messe gefahren, wo sich andere Sammler trafen. Damals mussten sie stundenlang fahren, nur um in einer Halle alten Männern beim Schachern um irgendwelche seltenen Marken zu beobachten. Für seinen Vater war es die Erfüllung, aber spätestens an diesem Tag wusste Mark, dass er jedes andere Hobby vorziehen würde.

Mark schaute seinem Vater zu, wie er in seiner Sammlung stöberte und ein paar der

Marken neu sortierte. Dabei ging er extrem vorsichtig vor und ließ sich sehr viel Zeit. Gedanklich schüttelte Mark den Kopf und musste schmunzeln. Durch die frische Luft fühlte er sich einerseits besser aber irgendwie auch müde. Also entschuldigte er sich zu einem Mittagsschlaf. Er ließ wieder die Rollläden herunter und schlief fast augenblicklich in seinem Zimmer ein.

Dieses Mal erwachte er von selbst und schaute erschrocken auf die Uhr. Es war schon kurz nach drei Uhr nachmittags! Hatte er nur eine Erkältung oder die Schlafkrankheit? Aber er wusste ja, dass Schlaf die beste Medizin war. Tatsächlich fühlte er sich zwar noch etwas schlapp, aber schon gesünder als noch vor einem Tag. Normalerweise dauerte eine Erkältung bei Mark nicht so lange. Aber die Zeit bei seinen Eltern sorgte für eine Turbo-Heilung.

Nach einem weiteren späten Mittagessen in seinem Elternhaus fühlte Mark sich noch besser und entschloss sich in seine Wohnung zurückzukehren. Also packte er seine wenigen Sachen zusammen und sagte seinen Eltern Bescheid.

„Möchtest Du nicht noch eine Nacht bleiben?", fragte seine Mutter als sie die Tasche erblickte.

Mark grinste kopfschüttelnd und verwies auf die nächste Vorlesung am Montag. Die durfte er auf keinen Fall verpassen. Die Mutter holte noch ein paar Medikamente und steckte sie in eine Tüte.

„Soll ich Dich fahren?", bot sein Vater an.

Mark verneinte und nahm stattdessen den Bus. Zwar dauerte das mehr als doppelt so lange, aber er wollte seinen Eltern nicht noch mehr zur Last fallen. Er dankte beiden für seinen kurzen Aufenthalt und verabschiedete sich.

Während der Fahrt hatte Mark die Augen geschlossen und döste die meiste Zeit. Wieder zu Hause angekommen war er erfreut, dass auch Benjamin wieder da war. Dieser berichtete begeistert von seinem Angelausflug. Grinsend hörte Mark sich das Outdoor-Abenteuer seines besten Freundes an. Benjamin war ein echter Naturbursche und mochte solche Dinge wie Wanderungen, Angeln und Klettern. Mark war erleichtert, seine Erkältung so schnell los zu sein und wieder in den eigenen vier Wänden zu verweilen.

Leider war Kerstin noch nicht zu Hause, denn er hörte nur ihre sexy Stimme auf dem Anrufbeantworter. Mark hinterließ eine Nachricht und legte dann auf. Tatsächlich nahm er sich dann am Schreibtisch noch einmal seine Aufzeichnungen vor, aber mehr als anderthalb Seiten schaffte er nicht. Gähnend verschwand er ins Bad, machte sich bettfertig und nahm noch einen Erkältungssaft ein. Schon wenige Minuten später schlummerte er sanft ein.

Überholvorgang

Unglaublich, wie langsam die ist, dachte Mark. Er musste abbremsen, um Erika nicht in die Hacken zu laufen.

„Kommt schon, kommt schon!", trieb Mark seine Leute an. Zwar sprach er damit alle an, aber vornehmlich war damit Erika gemeint.

Es war eine einfache Aufwärmübung für sein Volleyballteam: Alle rannten im Kreis hintereinander. Die Abstände sollten dabei möglichst gleich bleiben. Aber schon nach kurzer Zeit wurde deutlich wer schnell und wer langsam lief. Zugegebenermaßen war es auch nicht ganz fair, weil Erika kurze Beine hatte. Seine Intention mit der Übung war, dass alle erst einmal ins Schwitzen kommen sollten. Schließlich transpirierte er selbst auch.

Ein Pfiff seiner Trillerpfeife war gleichbedeutend mit dem Kommando „Kehrt marsch!". Er sah nun das rote T-Shirt von Eymen vor sich. Der hatte keine Mühe mit dem Tempo: Scheinbar ohne Anstrengung rannte er von Mark weg. Zwei weitere Male wechselte Mark noch die Richtung, bis er die Plackerei beendete. Danach ging es ans

Stretching, bevor das eigentliche Training los ging. Wie so oft fehlten ein paar Leute, das war leider der Normalzustand.

Sie übten grundsätzliche Schläge, Abwehraktionen und das Stellen. Früher hatte Mark versucht, stets neue Elemente ins Training einzubauen. Er hatte sich sogar mal ein Buch über Trainingsmethoden gekauft. Aber das lag nun irgendwo in seinem Bücherregal und verstaubte vor sich hin. Mittlerweile zog er seinen Stiefel routiniert durch und das Team agierte eigentlich wie immer: Thorsten machte es am besten und seine Fehlerrate war überragend. Am anderen Ende der Fahnenstange bewegte sich Erika, die sich bemühte aber meistens scheiterte. Lediglich bei Eymen war eine deutliche Verbesserung spürbar.

Damals bei Eymens ersten Trainingsabend konnte er schon überzeugen, aber es fehlte ihm noch das Gefühl für den Ball und die Koordination. Mittlerweile hatte er sich feinjustiert und Mark war stolz über Eymens Fortschritt, den er auf seinen Trainingsplan zurückführte. Zudem sorgte Eymen mit lockeren Sprüchen immer wieder für Lacher im Team. Mark fand das anfangs gut, wobei es ihn nun etwas nervte. Eine lockere Atmosphäre war gut, aber seine Volleyballabende sollten keine Bühne für Clowns sein.

Nach der Übungssession wurde eine kurze Pause gemacht. Alle holten sich etwas zu trinken und man konnte an den Gesichtern leicht ablesen, wer noch fit war und wer eigentlich schon „durch hing". Erikas Gesicht hatte sich ihrer Haarfarbe angepasst. Sie scherzte gerade mit Eymen. Mark konnte ihre Konversation nicht verstehen, weil Thorsten ihm etwas erzählte.

Kurze Zeit später machten sie ein Trainingsspiel. Das brachte Spaß, war aber anstrengend. Da nicht alle dabei waren, mussten sich die anwesenden Mitspieler mehr bewegen, um die offenen Räume abzudecken.

Mark spielte mit Eymen und Erika zusammen. Ihre Aufgabe war klar und sie sollte hauptsächlich stellen. Leider funktionierte das nicht so gut, weil ihre Bälle nie genau dahin flogen, wo sie eigentlich sollten.

Eymen hatte einen Schmetterschlag erstaunlich gut neutralisiert. Erika musste nur noch auf ihn stellen, aber ihr Ball war viel zu hoch und sprang über Mark hinweg. „Mist!", machte Mark seinem Ärger laut. Im nächsten Ballwechsel hob Thorsten den Ball einfach übers Netz hinweg. Eymen war wieder zur Stelle und sprang zum Netz. Im Fallen erwischte er den Ball und schaffte es, quer zu Erika zu spielen. Erika stellte den Ball aber nicht zu Mark, sondern spielte ihn zu Eymen zurück. Der war zwar schnell auf den Beinen, konnte aber den Ball nur pritschen. Die Gegenseite hatte damit keine Mühe, stellte sehr genau und Thorsten verwandelte den Schmetterball ohne Mühe.

„Ich war frei!", herrschte Mark Erika an. Sie presste die Lippen aufeinander und blieb stumm. Eymen tätschelte ihre Schulter und nickte ihr zu.

Hatte Mark da etwas verpasst oder läuft doch etwas zwischen den beiden? Er runzelte die Stirn, hatte seinen Gedanken aber schon in den nächsten Augenblicken wieder vergessen. Eine weitere Angriffswelle rollte auf ihn zu. In dieser Konstellation hatten sie keine Chance und verloren das Trainingsspiel klar.

Mark stellte die Teams noch einmal um und bildete nun mit Thorsten ein Team. Er wollte auch ein Erfolgserlebnis haben und sah kein Problem damit, die kleine Erika mit dem unerfahrenen Eymen zu gruppieren. Die beiden anderen Trainingspartner teilte er auf die beiden Mannschaften auf.

Im sicheren Gefühl der Überlegenheit machte auf einmal Mark ungewohnte Fehler. Er schlug einen Ball ins Netz, den sein Mitspieler ihm wie auf einem Silbertablett perfekt vorlegte. Beim nächsten Mal versuchte er auf Thorsten zu stellen, aber der Ball war sehr nah am Netz. Eymen war blitzschnell dran und drückte das Spielgerät quer zum Netz zu Boden. Der Ball tropfte zwischen Thorsten und Mark zum Punkt auf. Begeistert klatschten sich Erika und Eymen ab.

Das zweite Trainingsspiel des Abends gestaltete sich unerwartet ausgeglichen. Konnte es sein, dass Eymen schon jetzt so gut war wie Thorsten? Und das trotz seiner geringen Körpergröße?? Er war wirklich flink und schaffte es, Bälle zu erwischen, die optimal von Thorsten platziert wurden. Die Tatsache, dass er sicher geglaubte Punkte verschenkte, sorgte nun auch bei Thorsten für Unsicherheit. Seine Schmetterschläge versuchte er nun zu genau zu spielen und oftmals landeten diese im Aus. Mit all seiner Routine aus vielen Spielen stellte Mark den nächsten Ball auf Thorsten. Dieser schlug in Erikas Richtung und ihre Abwehr entwickelte sich zur Bogenlampe. Eymen hetzte hinterher und konnte den Ball nur noch mit Mühe erreichen, aber nicht mehr kontrollieren. Das bedeutete Satzball für Mark. Er schlug auf und der Ball landete zu seinem Entsetzen im Netz. Wie oft war ihm das bisher passiert?

„Auf, Leute!", versuchte er sich selbst und sein Team zu motivieren.

Das Aufschlagrecht wechselte und nun musste Erika ran. Ihr Ball kam so gerade übers Netz und Thorsten nahm den Ball wie ihm Lehrbuch an. Schließlich stellte Mark zu seinem Mitspieler und dieser pritschte in die hintere Ecke des Feldes. Erika erwischte den Ball und Eymen konnte das Spielgerät stellen. Sein Mitspieler versuchte zu schmettern und Mark stieg hoch. Er konnte den Ball zwar blocken, aber von seinen Händen ging das Ding seitlich ins Aus.

„Oh nein!", dachte er. Tatsächlich hatte jetzt Erika ihrerseits Satzball. Mark sah aus den Augenwinkeln wie Eymen ihr aufmunternd zunickte.

Sie schlug von unten auf und ihr Ball zappelte im Netz.

Erleichtert nahm Mark das Spielgerät und gab es an Thorsten weiter. Seine beiden folgenden Aufschläge waren hart aber kontrolliert und machten den Unterschied. Mit Zweiundzwanzig zu Zwanzig hatten Mark und seine beiden Mitstreiter das zweite Trainingsspiel für sich entschieden. Mark seufzte tief und klatschte mit allen ab.

Eymen legte Erika einen Arm um ihre Schulter und redete ihr aufmunternd zu. Mark musste anerkennen, dass Eymen eine sehr motivierende Art hatte und es schien, dass Erika sich voll darauf einließ. Zwar hatte das Team um Erika und Eymen verloren, aber vom Papier her hätte Mark mit Thorsten im Gepäck den Satz ganz eindeutig gewinnen müssen.

Unter der Dusche merkte Mark, wie geschafft er doch war. So viel hatten sie heute doch gar nicht gemacht? Aufwärmen, Schlagübungen und zwei Trainingsspiele. Trotzdem war er sehr ermattet und genoss den heißen Wasserstrahl auf seinem Körper. Sein Blick fiel auf Eymen, der gut gelaunt war. Sie unterhielten sich gerade über eine neue Gaststätte in der Gegend. Thorsten war dort mit seiner Freundin gewesen und es hatte ihnen sehr gut gefallen. Dabei handelte es sich um die Niederlassung einer mexikanische Restaurantkette mit Cocktails und so weiter. Klingt interessant, dachte Mark.

Beim Anziehen adressierte Eymen nun Mark: „Wieso kommen eigentlich nicht immer alle?", wollte er wissen.

„Die haben halt nicht immer Lust", erwiderte Mark.

„Wie wäre es mit einer Trainingskasse?", schlug Eymen vor. „Jeder, der ein Training verpasst, zahlt einen kleinen Betrag."

Mark wusste nicht recht, ob er die Idee gut oder schlecht fand.

„Klingt vernünftig!", schaltete sich Thorsten auf einmal ein.

„Ich überlege es mir mal", sagte Mark bestimmt. Er wollte sich jetzt nicht übertölpeln lassen. Die Idee an sich war in Ordnung, denn mit einer vollen Halle machte es mehr Spaß. Außerdem könnte man das Training viel variabler gestalten. Und wenn jemand unentschuldigt fehlte, dann wäre ein kleiner Beitrag zur Kasse nicht schlecht. Davon ließen sich gut Ausflüge finanzieren.

Knappe zwanzig Minuten später trafen sich alle an der Stammkneipe. Draußen war es bitterkalt und beim Rauchen fröstelte es Mark. Nach drei schnellen Zügen drückte er seine Zigarette aus und ging fröstelnd hinein ins Warme. Je nach Abend waren hier entweder Fußballer oder andere Sportler zu Gast. Heute war der Besuch überschaubar und es waren gerade einmal 8 andere Gäste zugegen, die nicht zum Volleyballverein gehörten.

Mark orderte ein kühles Bier und unterhielt sich zwanglos mit einem Mitspieler. Als Erika eintraf setzte sie sich neben Eymen – das fiel Mark sofort auf. Tatsächlich hatte sie sich nach dem Training geschminkt. Mark überlegte, ob sie das früher schon gemacht hatte. Auch ihr Outfit war anders als sonst: Üblicherweise trug sie sonst einen sehr schmucklosen Trainingsanzug. Dieses Mal aber hatte sie einen orangefarbenen Pullover, enge Jeans und Schuhe mit leichtem Absatz an. Zwischen dem Biergeruch bemerkte er ein dezentes Parfum. Erika schien alle Register gezogen zu haben. Mark verzog anerkennend den Mund und nahm einen tiefen Schluck aus seinem Glas.

„Also das mit der Kasse finde ich gut!", sagte Thorsten auf einmal etwas lauter. Die Konversation, die Mark mit seinem Mitspieler hatte, wurde jäh unterbrochen. Er sah in nickende Gesichter. Auch Erika schien dem zuzustimmen.

„Dann machen wir das!", wischte Eymen die letzten Zweifel weg.

Mark erkannte, dass ihm die Entscheidung abgenommen war. Er zuckte mit den Achseln und die neue Regel war jetzt durch. Er leerte sein Bier und seufzte. Per Aushang würde er es an alle kommunizieren, so dass die Regel ab sofort galt. So schnell konnte das gehen.

Auf dem Heimweg dachte er noch kurz über die Neuigkeiten des Abends nach. Das mit der Kasse war eine gute Sache. Ob dadurch die Trainingsbeteiligung anstieg blieb abzuwarten. Würden Erika und Eymen zusammenkommen?

Leise betrat er die Wohnung, weil Veronika um diese Zeit schon im Bett war. Er tat dies nicht aus Rücksicht, sondern weil er selbst seine Ruhe haben wollte. Im Badezimmer zog er sich um und putzte sich die Zähne. Mit einem Gähnen löschte er das Licht und ging ins Schlafzimmer. Das leise Atmen seiner Freundin bestätigte seinen Verdacht. Kaum fünf Minuten später war Mark ebenfalls eingeschlafen.

Nachhilfe

Nie schaut er mir direkt in die Augen, dachte Mark. Er fixierte den Jungen neben sich, aber dieser schaute auf den Schreibtisch.

„So, dann wollen wir mal!"

Mark versuchte immer, den Anfang mit motivierenden Worten einzuleiten. Auch wenn ihm selten passende Sprüche einfielen. Ihm kam es manchmal komisch vor, so eine Vorgehensweise zu benutzen. Aber er bildete sich ein, dass sein Gegenüber diese positive Einstellung irgendwie aufnahm. Leider kam selten eine Reaktion seines Protegés. So auch heute nicht! Am Anfang war Mark irritiert, aber mittlerweile wusste er, dass der Junge einfach ein stiller und zurückhaltender Mensch war. Vielleicht war seine Unsicherheit auch der Grund für den ausbleibenden Blickkontakt.

Sie saßen nebeneinander an dem kleinen Schreibtisch im Zimmer des Jungen. Immer wenn er ihm so nahe war, stieg ihm der muffelige Geruch des Schülers in die Nase. Er hatte mal eine dezente Bemerkung über Deodorants gemacht, aber sein Nachhilfeschüler hatte den Wink mit dem Zaunpfahl nicht verstanden.

Das Zimmer war spartanisch eingerichtet und beinhaltete nur ein Bett, einen Schrank und zwei Bücherregale. Darin standen allerdings kaum Bücher, sondern ein paar alte Spielsachen. Die Möbel waren schwarz und bildeten einen Kontrast zur hellen Tapete. Es fehlten Poster von Sportlern oder Musikgruppen, die man bei einem Jugendlichen vermutet hätte.

Als erstes nahmen sie sich immer die Hausaufgaben vor. Dabei schaute sich Mark die Aufgaben an und gab seine Kommentare dazu ab. Er wies selten direkt auf den Fehler hin, stattdessen sagte er so etwas wie: „Schaust Du noch einmal diese Zeile bitte an?" oder „Glaubst Du, dass dieser Satz richtig ist?"

Eigentlich immer wurden seine Kommentare mit großen Augen aufgenommen. War es das Entsetzen, dass Mark einen Fehler gefunden hatte? War es die Angst, die Grammatik oder die Rechtschreibung nie hinzubekommen? Oder gar Bewunderung für Marks Fähigkeiten in Deutsch?? Jedenfalls fand Mark immer etwas verbesserungswürdiges und er hatte das Gefühl, nur sehr schwer vorwärts zu kommen. Er musste so viel erklären, dass er sich wunderte, ob die ganzen Grundkenntnisse seinem Nachhilfe-schüler jemals vermittelt wurden. Manchmal war es schon frustrierend. Aber andererseits war es leicht verdientes Geld: Mark musste sich weder schmutzig machen noch körper-lich hart arbeiten. Dies sagte er sich immer wieder, auch wenn er zum x-ten Male den-selben Fehler anmahnte.

Heute überprüfte er eine Hausarbeit und sah sich den letzten Test an. Zu Marks Über-raschung stand unter dem Test eine Drei Mi-nus. Das war so ungefähr die beste Note, die sein Schüler ihm jemals gezeigt hatte. Auch die Hausarbeit sah gar nicht mal so schlecht aus. Mark erkannte zwar ein paar Flüchtig-keitsfehler, aber er wollte jetzt erst einmal ein Lob aussprechen! Er überlegte, wie er sich ausdrücken sollte, denn er wollte nicht zu dick auftragen.

„Das hast Du wirklich gut gemacht, René! Wenn Du weiter an Dir arbeitest, dann wirst Du es in Deutsch hinbekommen", sagte er schließlich. Dann beobachtete er sein Ge-genüber genau. War das etwa der Anflug ei-nes Lächelns in seinem Gesicht? Vielleicht sollte René die Schule vergessen und ein-fach professioneller Pokerspieler werden. An seinem Gesichtsausdruck jedenfalls änderte sich kaum etwas. Mark vermutete, dass er auch dann keine Reaktion zeigen würde, wenn Mark ihn anschreien und übel beleidigen würde. Es war einfacher, einen Stein zu etwas animieren. Mark brachte sich wieder in Erinnerung, dass der Junge ja noch ein Kind war und seine Schüchternheit und Zurückhaltung auch zum Teil auf sein Alter zurückzuführen war. Mark selbst war früher auch noch schüchterner gewesen.

Sie gingen also die Hausaufgaben durch und Mark zeigte einmal hier und erklärte einmal dort und René korrigierte dann einzelne Wörter oder fand einen anderen Ausdruck. Es war Mark wichtig, dass er selbst auf die Ideen kam – auch wenn er ihn teilweise mit der Nase darauf stoßen musste.

Danach machten Sie noch ein paar Übungsaufgaben, die Mark sich im Vorfeld ausgedacht hatte. Er nutzte dabei die alten Arbeitsblätter aus seiner eigenen Schulzeit. Den ganzen Kram hatte er noch aufbewahrt und das war jetzt Gold wert. Er musste nur schauen, welches Thema gerade anlag und konnte dann entsprechende Übungen hervor zaubern. Natürlich hätte er sich auch selbst Aufgaben ausdenken können, aber das würde entschieden länger dauern.

Heute gingen die anderthalb Stunden sehr schnell vorbei. Mark hatte ein gutes Gefühl: Am Anfang war es ihm gar nicht so wichtig gewesen, echte Fortschritte zu machen. Aber mittlerweile hatte er Spaß daran, René zu fordern und zu fördern. Er sah einen positiven Trend und hatte Hoffnung, dass der Junge sich wirklich verbesserte.

„Dann bis zum nächsten Mal!", verabschiedete er sich. René brummte etwas Unverständliches zurück und nickte unmerklich. Die Vergütung holte sich Mark dann eine Etage tiefer bei der Mutter ab. Sie war eine kleine, kompakte Person mit einer Kurzhaarfrisur und einer auffälligen lila Brille. Zu Mark war sie stets freundlich und machte auf ihn einen immer hektischen Eindruck. Mark versuchte sich vorzustellen, wie sie ihrem Sohn etwas beibringen wollte - das konnte einfach nicht funktionieren. Während sie in der Wohnung ihre Geldbörse suchte, sprach sie leise mit sich selbst. Mark beobachtete sie fasziniert und musste innerlich schmunzeln. Schließlich wurde die Dame fündig und er bekam eine stattliche Summe für die letzten 9 Doppelstunden.

Eine entspannte Fahrradfahrt später kam er zu Hause an. Es war angenehm warm und behaglich. Mark begrüßte seinen Freund und

Mitbewohner, der in Gedanken versunken war. Neugierig lugte er über seine Schulter. Benjamin saß an seinem Schreibtisch und schrieb an einer Ausarbeitung. Obwohl er den Stoff sicherlich gut beherrschte, feilte er immer an den Formulierungen und war doch nie zufrieden. So kam es, dass er Mark in knappen Sätzen das komplette Thema und seine Vorgehensweise erläutern konnte. Aber das Ganze zu Papier zu bringen dauerte dann immer ewig.

Mark verschwand ins kleine Wohnzimmer und rief bei Kerstin an. Fast schon wider Erwarten ging sie ans Telefon und Mark freute sich.

„Wie geht es Dir, Schatz?", wolle er wissen.

Kerstin war anscheinend gut gelaunt, denn sie erzählte ungewöhnlich viel. Ihr Vater war zu einem Bankett eingeladen und obwohl das sehr geschäftlich klang, durfte seine Familie mitkommen. Kerstin durfte sich dafür extra neu einkleiden. Mark freute sich für seine Freundin und die beiden verabredeten sich für das kommende Wochenende zu einer Shopping-Tour. Eigentlich könnte Mark sich schönere Dates mit Kerstin vorstellen, aber ihm war es nur wichtig, Zeit mit ihr zu verbringen. Außerdem würde er seine bildhübsche Freundin in schönen Outfits bewundern dürfen – warum also eigentlich nicht?

Motiviert von diesem Telefongespräch ging er wieder zu Benjamin ins Zimmer. Sein Kumpel war nur bedingt weitergekommen. Mark wollte ihm am liebsten helfen und fragte Benjamin, was das Problem sei. So erklärte Benjamin, was er schreiben wollte. Seine Sätze hätte er nur auf Band aufnehmen müssen und dann niederschreiben müssen, dachte Mark. Er fing an, etwas zu diktieren. Benjamin hörte konzentriert zu und starrte dabei an einen Punkt an der Wand. Dann nickte er langsam und schrieb den Satz auf.

Auf diese Weise erarbeiteten beide zusammen den Text. Nicht immer funktionierten die Formulierungen von Mark beim ersten Versuch. Aber durch das Teamwork wurde der Text viel schneller fertig, als wenn Benjamin denselben Satz zehn Mal schrieb und doch wieder verwarf. Nach einer guten Stunde waren sie fertig und das Dokument hatte war auf stolze zweiunddreißig Seiten angewachsen. Benjamin grinste breite und klopfte Mark anerkennend auf die Schulter. Auch Mark war zufrieden, denn endlich konnte er mal seinem besten Freund bei etwas behilflich sein.

Die beiden machten es sich im Wohnzimmer gemütlich, öffneten ein Bier und prosteten sich zu. Benjamin schaltete den Fernseher an, aber es lief nichts Interessantes. So redeten die beiden über verschiedene Themen bis der Frühlingstag draußen sich dem Ende neigte und es dunkel wurde. Zufrieden und mit mehreren Bier intus gingen dann beide nach einem produktiven Tag schlafen.

Schrankaufbau

Ohne an diesem Nachmittag einen Handschlag gearbeitet zu haben, fuhr Mark sein Arbeitsgerät herunter. Normalerweise war Mark gut gelaunt, wenn der Feierabend anbrach. Aber heute war es besonders langweilig im Büro gewesen. Das Gespräch mit dem Finanzer hing ihm immer noch nach und das war selten der Fall. Er überlegte kurz: Nein, das war eigentlich noch nie der Fall gewesen, dass er über so etwas grübelte.

Astrid war den ganzen Tag nicht da gewesen und er hatte die Mittagspause allein in einem Bistro verbracht. Selbst die Auszubildende hatte er nicht gesehen. Anscheinend war sie in der Berufsschule oder so etwas. Missmutig steckte er sich eine Zigarette an und stieg in seinen Wagen. Kaum zu Hause angekommen, fing es leicht an zu nieseln.

„Heute kommt echt alles zusammen!", grummelte er.

Wie immer war Veronika schon zu Hause. Sie trug ihre Wohlfühlklamotten und lächelte Mark an. Er drückte ihr einen lustlosen Kuss auf die vollen Lippen.

„Hast Du Lust, etwas Schönes zu machen?", fragte sie erwartungsvoll.

Oh je, was kommt jetzt wohl?, dachte Mark. „Ich möchte erst mal etwas essen und mich entspannen", sagte er.

„Kein Problem. Aber danach würde ich gerne mit Dir...", fing Veronika an zu erzählen. Jäh wurde sie durch das Telefon unterbrochen und Veronika eilte zum Apparat.

Während Mark in der Küche verschwand und etwas naschte, hörte er Veronika sprechen. Ging es dabei etwa um ihn? Jedenfalls hörte es sich so an. Ein paar Augenblicke später kam seine Freundin mit dem Hörer in der Hand zurück.

„Am Telefon ist Marit. Sie möchte einen Schrank aufbauen und bekommt es nicht hin."

Mark runzelte die Stirn.

„Ben ist wohl die ganze Woche auf Geschäftsreise und sie wollte wissen, ob Du vielleicht helfen kannst", fuhr Veronika fort.

Wieder stand Mark vor einer Entscheidung, deren Alternativen ihm beide nicht passten. Entweder einen Abend mit Veronika und oder einen dämlichen Schrank aufbauen! Er dachte kurz an Marit. Sie war immer noch genauso hübsch wie vor einigen Jahren. Durch ihre Beziehung mit Benjamin war sie vom Wesen her auch etwas lockerer geworden. Instinktiv entschied er sich für die zweite Option.

„Okay, ich ruhe mich noch etwas aus und dann fahre ich los!", sagte er.

„Soll ich mitkommen?"

„Iwo, ruhe Dich nur zu Hause aus."

„Du bist ein Schatz!", sagte sie mit einem Lächeln. Dies bekräftigte sie noch mit einem Kuss auf seine Stirn. Anscheinend gefiel es Veronika, wenn Mark jemandem behilflich war. Das deckte sich mit ihrem eigenen Sozialverhalten.

Sie nahm wieder den Hörer ans Ohr und verkündete Marit den Plan. Danach beendete sie das Gespräch.

Mark verzichtete darauf, seine eigenen Werkzeuge mitzunehmen: Benjamin hatte bei sich eine Vollausstattung zu Hause. Er zog lediglich eine alte schwarze Jogginghose an und machte sich auf den Weg, um am anderen Ende der Stadt die Wohnung seines besten Freundes aufzusuchen. Es war eine ruhige Wohngegend mit schönen Häusern; viele Eigenheime darunter. Mark wusste, dass Benjamin sehr gut verdiente. Sicherlich würde er selbst bald in Eigentum investieren. Er parkte sein Auto auf der Auffahrt, wo sonst immer der große Kombi von Benjamin stand. Seine halb gerauchte Zigarette drückte er auf der Auffahrt aus und klingelte an der Haustür.

Marit öffnete und begrüßte Mark sehr herzlich. Sie küssten sich auf die Wangen und Mark musterte die Partnerin seines besten Freundes verstohlen. Sie hatte ihre dunklen Haare zu einem Pferdeschwanz zusammengebunden, trug eine enge blaue Jeans und ein schlichtes weißes T-Shirt. Ihr Gesicht war ungeschminkt und der Betrachter blieb unweigerlich an ihrer großen Brille hängen. Eigentlich sah sie immer so aus, überlegte Mark. Sie könnte viel mehr aus sich machen, wenn sie wollte. Aber das war wohl wider ihre Natur. Aber eine Figur hatte sie wie ein Model. Bewundernd glitt sein Blick über ihre Hüften.

Die nächste halbe Stunde war Mark damit beschäftigt, die 18seitige Aufbauanleitung zu verstehen, bzw. die Teile zu identifizieren. Marit hatte schon alle Teile gesichtet, um zu prüfen, ob der Bausatz vollständig war. Eigentlich sollte man das ja genau so machen. Die Vielzahl der Holzteile und die unterschiedlichen Schrauben nahmen nun die größte Flache des Zimmers ein. Er bemerkte, dass die Teile ordentlich aufgereiht waren. Im Zimmer roch es nach Holz und Metall.

„Warum hast Du eigentlich angefangen, wenn Ben nicht da ist?", wollte Mark wissen.

„Ach weißt Du, ich wollte ihn damit überraschen!", erwiderte Marit.

Mich könntest Du am besten überraschen, wenn Du geschminkt und in Dessous nach der Reise auf mich warten würdest!, dachte Mark. Aber dafür war sie wohl nicht der Typ. Oder? Mark brachte sich selbst aus dem Konzept, als er versuchte, sich Marit in Dessous vorzustellen. Hat sie überhaupt Dessous?, dachte er. Oder ist ihre Unterwäsche so langweilig wie ein Politmagazin?

Nach einer weiteren halben Stunde, in der die beiden wenig redeten, hatte Mark die ersten Fortschritte erzielt. Mit Hilfe von Marit hatte er den Korpus fertiggestellt und der Rahmen stand nun. Er fragte sich, ob Marit wirklich zwei linke Hände hatte oder ob sie insgeheim wollte, das Mark ihr half. Er wusste nicht recht einzuschätzen, ob sie von Natur aus ihm gegenüber freundlich war, oder ob mehr dahinter steckte.

Die Schubladen dauerten noch einmal eine halbe Stunde und er war froh über den professionellen Akkuschrauber von Benjamin, der praktisch im Dauereinsatz war.

Noch eine weitere Viertelstunde und Mark stand zufrieden vor dem kleinen, aber feinen Schrank, der nun zusammengebaut am richtigen Platz stand. Marit klatschte begeistert in die Hände und umarmte Mark vor Freude. Ihre plötzliche Nähe überraschte ihn und er genoss die Berührung.

„Möchtest Du noch ein Glas Wein? Zur Feier des Schrankaufbaus können wir uns wohl einen Schluck genehmigen!", schlug sie vor. Dazu ließ er sich nicht zwei Mal bitten. Nachdem sie die Verpackung entsorgt, die Werkzeuge aufgeräumt und Mark draußen eine geraucht hatte, machten die beiden es sich auf der Couch gemütlich und stießen mit einem Glas Weißwein an. Normalerweise mochte er das Getränk gar nicht – ihm wäre ein Bier lieber gewesen. Aber was er trank war ihm in diesem Moment nicht so wichtig, solange es nur Alkohol enthielt. Mark hoffte insgeheim, Marit beschwipsen zu können. So oder so konnte er wesentlich mehr Alkohol vertragen als die zierliche Person, die neben ihm saß.

Sie unterhielten sich über alles Mögliche. Dabei kam heraus, dass Benjamin gerade geschäftlich im Ausland war; irgendein Termin in Norditalien. Als Mark von der Arbeit berichtete, wunderte es ihn, dass Marit anscheinend wirklich interessiert daran war. Jedenfalls fragte sie zwei Mal nach. Er hatte Mühe es so klingen zu lassen, dass die Projektsteuerung wirklich so viel Zeit verschlang. Die größten Aufwände hatten die Projektressourcen und Mark sammelte lediglich deren Ergebnisse ein. Aber er konnte es gut verkaufen. So funktionierte es in der Vergangenheit auch seinem Chef gegenüber.

Konnte es sein, dass sie mit ihm flirtete? Wieder so ein breites Lächeln aus vollem Herzen! War es möglich, dass sie es auf diese Situation angelegt hatte? Sie war ihm auf der Couch sehr nah. Er konnte ihren Duft riechen. Es war wahrscheinlich nur ein Deodorant und kein teures Parfum. Gemischt mit ihrem natürlichen Körpergeruch ergab es eine anregende Mischung. Mark spürte, dass er ganz leicht erregt war und probierte sein Glück. Wie durch Zufall landete seine Hand auf ihrem Schenkel. Er berührte ihren Hals und schaute ihr tief in die Augen. Sein Gesicht näherte sich langsam dem ihrigen.

Im nächsten Moment platzte seine Traumblase gehörig. „Was machst Du denn da?", frage Marit schrill. Nun lächelte sie nicht mehr. Stattdessen hatte sie ihre Augenbrauen zusammengezogen und sah nun nicht mehr verführerisch und gutgelaunt aus. Seine Hände zuckten zurück und er blickte sie erschrocken an.

„Äh, ich dachte Du wolltest...", begann er.

„Was wollte ich?"

Immer noch klang ihre Stimme aggressiv.

„Hör zu, es war ein langer Tag. Ich dachte Du bist einsam und..."

„Du bist wohl nicht ganz dicht!"

Ihre Stimme klang jetzt äußerst gereizt und mit einem Ruck stand sie auf. Seine letzten Worte waren nicht clever gewählt – das merkte er jetzt.

„Ich möchte das Du jetzt gehst. Sofort!"

Ihre Worte waren mehr Befehl als Bitte.

„Bitte mach jetzt keinen Elefanten daraus", beschwichtigte Mark. Er hob wie zur Abwehr seine Hände.

Marit stemmte die Fäuste in die Hüften und starrte ihn böse an.

Langsam stand er auf und ging zum Flur. Er zog seine Schuhe an und überlegte fieberhaft, wie er die Situation noch retten konnte.

Er ging zurück ins Wohnzimmer wo Marit immer noch in derselben Position stand.

„Am besten wir vergessen das Ganze und freuen uns, dass der Schrank jetzt steht. Okay?", schlug Mark vor.

„Ich weiß nicht, wie ich damit umgehen soll", erwiderte sie. Ihre Stimme war jetzt nicht mehr ganz so schrill. Stattdessen wirkte sie nachdenklich.

„Es ist ja gar nichts passiert. Also müssen wir damit auch nicht umgehen."

„Ich dachte Benjamin ist Dein bester Freund!", sagte sie anklagend.

„Es tut mir leid, Marit! An Ben habe ich gerade einfach nicht gedacht."

„Bitte geh jetzt!", verlangte sie. Ihr Blick war auf den Boden gerichtet, so als ob sie sein Gesicht nicht ertragen konnte.

„Bis dann!", verabschiedete er sich.

Sie sagte nichts und er schloss leise die Haustür hinter sich.

Draußen war es stockfinster geworden. Mittlerweile musste es schon nach Zweiundzwanzig Uhr sein. Zwischendurch war es trocken gewesen, aber nun begann es ordentlich zu regnen. Mit nassen Haaren und einem unguten Gefühl stieg Mark ins Auto ein. Er zögerte, den Motor zu starten. Zu viele Dinge gingen ihm durch den Kopf. Marit würde das doch nicht etwa Benjamin erzählen, oder? Er ärgerte sich über sich selbst! Warum hatte er auch etwas mit Marit anfangen wollen? So attraktiv war sie doch auch wieder nicht. Ihr fehlte einfach die Weiblichkeit. Mit einem Kopfschütteln über seine eigene Dummheit drehte er den Zündschlüssel und fuhr genervt nach Hause.

Starthilfe

Hüstelnd konzentrierte sich Mark auf den Text vor ihm. Normalerweise fiel es ihm immer etwas schwer, in der Bibliothek ganz still zu sein. Zwar konnte er sich in einen Buch vertiefen, aber andauernd fielen ihm Fragen dazu ein, die er am liebsten sofort bei Benjamin loswerden wollte.

Sein bester Freund saß wie so oft neben ihm und hatte gleich mehrere große Wälzer vor sich. Ben hatte kein Problem damit, viel Zeit in Recherche zu investieren und seine Ausarbeitungen strotzten nur so von Referenzen zu Fachwerken und wissenschaftlichen Aufsätzen.

Mark entging aber nicht, dass das Arbeitstempo seines Kommilitonen heute sehr träge war. Er vermutete, dass es mit der zierlichen Dunkelhaarigen zu tun hatte, die ihnen schräg gegenüber saß. Genau wie die beiden Freunde recherchierte sie in Fachbüchern, die aufgeklappt vor ihr lagen. Sie hatte einen spitzen Bleistift und machte sich Notizen in einer Kladde. Trotz ihrer konzentrierten Arbeit entging Mark nicht, dass sie für den Bruchteil einer Sekunde zu Benjamin herüber schaute. Auch Ben blinzelte ab und zu hinüber. Dieses Spielchen ging schon eine ganze Weile so. Verstohlen musterte Mark die Frau: Sie trug einen verwaschenen grauen Hoodie und eine blaue Jeans. Dazu weiße Turnschuhe, als wenn sie gerade vom Joggen kam. Sie hatte lange Haare, die hinten von einem Pferdeschwanz gebändigt wurden. Ihr Teint war sehr blass. Nicht so blass wie die Nichte von Graf Dracula, eher so in Richtung Schneewittchen. Sie war ungeschminkt und ihr ganzes Äußeres deutete Mark als: „Lasst mich in Ruhe – ich arbeite hier!"

Kaum hörbar flüsterte Mark seinem Freund ins Ohr: „Alarm auf Zehn Uhr!", und grinste dabei breit. Wie von einer Hornisse gestochen fuhr Benjamin herum. Er schaute überrascht, leicht hektisch und verlegen – irgendwie kamen alle diese Gesichtsausdrücke zusammen. Er überlegte kurz, bevor er flüsternd entgegnete: „Ist das so offensichtlich?"

Sein nächster Gesichtszug signalisierte peinliche Berührtheit.

„Für mich schon! Los mach einen Move!"

„Ich soll einen Move machen?"

„Natürlich, die ist hübsch und Du bist Single!"

Benjamin seufzte. Er berührte fast Marks Ohr beim Flüstern: „Das ist nicht so leicht, verstehst Du?"

„Leichter als das Gossensche Gesetz!"

Mark fiel dieser Witz nur deswegen ein, weil er gerade in seinem Buch über eine solche Formel etwas gelesen hatte. Benjamin schien darüber nachzudenken, aber Mark knuffte ihn in die Seite.

„Komm schon, überleg Dir etwas!"

In diesem Moment sah die Unbekannte von ihrem Buch auf und schaute Benjamin direkt in die Augen. Für den Bruchteil einer Sekunde deutete sie ein Lächeln an. Für Mark war das ein eindeutiges Zeichen. Jedenfalls flüsterte er genau dies Benjamin ins Ohr.

„Was soll ich denn sagen?"

Sein großer Freund wirkte in diesem Moment tatsächlich etwas verunsichert und hilflos. Mark fand es amüsant, wollte ihm aber unbedingt versuchen zu helfen.

„Frag sie einfach, ob Sie Lust hat auf eine Lesepause. Du spendierst ihr einen Kaffee!", schlug Mark vor.

„Ist das nicht etwas zu einfach?"

Mark schüttelte den Kopf. „Einfach ist doch gut! Wenn Sie kein Interesse hat, dann nicht. Wenn doch, kannst Du Dich mit ihr zurückziehen und etwas reden."

Immer noch zierte er sich. Wieder wurde er von Mark geknufft!

Fast schon widerwillig stand er auf und umrundete die Tische. Bei ihr angekommen beugte er sich zu ihr herunter und flüsterte ihr etwas ins Ohr. Sie nickte und zehn Sekunden später gingen die beiden hinaus.

Mark grinste über beide Ohren. Das war einfacher als gedacht! War Mark nicht doch ein meisterhafter Kuppler? Fast schon vergnügt widmete er sich wieder seinem Buch.

Eine ganze Weile verging und Mark war mit seiner Recherche fertig. Er hatte sich so viele Notizen gemacht, dass er diese praktisch nur noch in einen flüssigen Text umformen musste. Endlich tauchte Benjamin mit der Unbekannten wieder auf. An seinem Gesichtsausdruck erkannte er, dass es gut gelaufen sein musste. Benjamin setzte sich, wobei sein Hinterteil nicht auf dem Stuhl landete. Stattdessen schwebte er in der Luft und trug ein entspanntes Dauergrinsen zur Schau.

„Ich will alles wissen!", raunte Mark ihm zu.

„Ja, aber später!", erwiderte Ben leise.

Mark nahm aus den Augenwinkeln wahr, dass die Unbekannte begann ihre Sachen zu packen.

„Du hast hoffentlich ihre Telefonnummer, oder?", versicherte Mark sich.

Schon zum zweiten Mal an diesem Nachmittag sah sein Freund ihn panisch an. Das hatte er doch wohl nicht etwa vergessen?

Wie auf Knopfdruck schob die Unbekannte einen kleinen Zettel über den Tisch. Sofort erkannte Mark, dass es sich dabei um ihre Nummer handelte.

Benjamin nahm das Papier an sich und grinste bis über beide Ohren.

„Bis bald", hauchte die nicht mehr ganz so Unbekannte über den Tisch und verschwand. Benjamin sah ihr hinterher und hatte dabei den Mund leicht geöffnet.

„Du alter Casanova!", sagte Mark und grinste über beide Ohren.

Benjamin schien seine Bemerkung gar nicht wahrzunehmen und schaute immer noch in die Richtung, wo sie eben durch die Tür verschwunden war und blieb stumm.

„Bin ich hier Zeuge einer Love-Story, oder was?"

Benjamin drehte seinen Kopf wie in Trance: „Oh Mann!", sagte er nur.

Mark schlug Benjamin auf die Schulter und sagte entschlossen: „Los, wir verschwinden und Du erzählst mir alles bei einem kalten Bier!" Demonstrativ packte er seine Sachen zusammen und verstaute die Bücher wieder im Regal.

Sein bester Freund hatte momentan die Agilität eines Faultiers, gehorchte aber wie ein braves Kind. Seine Notizen waren weitaus weniger umfangreich als die von Mark – das muss wohl das erste Mal gewesen sein, dass so etwas nach einem Bibliotheksaufenthalt passierte.

Fünf Minuten später hatten die beiden das Hochschulgebäude verlassen und machten sich mit ihren Rucksäcken zu Fuß auf den Weg in die Innenstadt. Es war noch warm draußen und in der Stadt waren viele Leute unterwegs. Es roch nach Autoabgasen und einer Dönerbude in der Nähe. Ohne große Umschweife kam Benjamin sofort zur Sache.

„Ich glaube ich habe mich verliebt!", begann er.

Mark quittierte diese Äußerung mit einem fröhlichen Lachen! Er klopfte Benjamin auf die Schulter.

„Das ging aber schnell! Wie heißt sie denn?", wollte Mark wissen.

„Ihr Name ist Marit. Sie ist einfach toll!", begann Benjamin, „Sie studiert Psychologie und ich mag ihre Art. Sie ist so…". Benjamin überlegte kurz und sah dabei ganz verträumt aus. „…so überlegt! Ich weiß nicht, wie ich es ausdrücken soll!"

Er starrte ins Leere und schwieg einen Moment.

„Du findest sie auch wirklich hübsch, oder?", fragte Benjamin plötzlich.

Mark war etwas überrascht. Instinktiv verglich er Marit mit Kerstin. Er war seit 3 Monaten mit ihr zusammen und schwebte immer noch im siebten Himmel. Kerstin war extrem attraktiv, aber diese Marit war ein ganz anderer Typ.

„Natürlich ist sie hübsch", sagte Mark. Er log dabei nicht: Sie war auf ihre eigene Art attraktiv und hatte eine tolle Figur. Aber

Mark war froh und stolz eine Freundin zu haben, die sehr weiblich war und nach der sich jeder Mann umdrehte. Kerstins Ausstrahlung war sehr feminin – Marit hatte zwar einen schlanken Körper, wirkte auf ihn aber etwas spröde.

In der Kneipe angekommen lud Mark seinen Freund auf ein Bier ein. Dieser erzählte weiter von seiner neuen Bekanntschaft und kam aus dem Schwärmen gar nicht heraus. Mark war froh, seinen Freund so zu sehen. Er war sich sicher, dass Benjamin noch keine Freundin gehabt hatte. Sie sprachen auch nicht so offen über das Thema Frauen. Benjamin war immer sehr auf seine Schule oder jetzt auch das Studium fixiert gewesen. Das andere Geschlecht hatte dabei nie eine Rolle gespielt – anscheinend bis jetzt.

Beim zweiten Bier wurde Benjamin noch redseliger und Mark bemerkte, wie sein Kumpel sich emotional öffnete. Ihm kam es so vor, als wenn eine mögliche Partnerschaft mit Marit für Benjamin sehr viel bedeutete. Sogar mehr als der Erfolg im Studium? So hatte er ihn gar nicht eingeschätzt. Aber er begrüßte die Offenheit und auch die neuen Erkenntnisse über den Mann, mit dem er sich die Wohnung teilte.

„Ich bin so froh, dass sie mir ihre Nummer gegeben hat. Hatte total vergessen, danach zu fragen!", gab Benjamin zu.

„Wann willst Du sie denn anrufen?", wollte Mark wissen.

„Am liebsten sofort!"

Benjamin grinste und Mark war sich unschlüssig, ob das jetzt ein Scherz war. Er redete es seinem Kumpel aus und hatte stattdessen eine andere Idee:

„Ruf Sie doch einfach Morgen an und mach ein Date beim Stadtfest aus! Das ist ungezwungen und vielleicht wollte sie sowieso hin."

Benjamin fand die Idee anscheinend gut, denn er antwortete wie ein Wackeldackel und seine Augen leuchteten. Anschließend prosteten sie einander zu und nahmen einen tiefen Schluck.

Der Plan war geschmiedet und es sollte ein Doppel-Date werden: Wenn Marit einwilligte, würde Mark auch Kerstin fragen und sie würden sich zu viert treffen. Glücklich über so viel Glück an einem Tag wollte Benjamin ein drittes Bier ordern, aber Mark deutete mahnend auf die Uhr: „Morgen ist wieder früh Vorlesung!"

Benjamin lachte laut auf und schlug sich an die Stirn: „Irgendwie sind heute die Rollen vertauscht!"

„Pass auf, wenn wir zu Hause sind, dann erkläre ich Dir noch einmal ein paar Thesen der Betriebswirtschaft", stieg Mark mit gespieltem Ernst auf die Bemerkung ein.

Wieder lachte sein Freund auf.

Schließlich zahlten die beiden Freunde und machten sich gutgelaunt auf den Heimweg.

Sturmfrei

Laut klappte Mark den Kofferraum seines Autos zu. Veronika stand etwas verloren neben der Beifahrertür. Ihr Atem war in der Kälte zu sehen, denn es war ein frostiger Abend. Sie zögerte und es wirkte fast so, dass sie unentschlossen war, ob sie überhaupt einsteigen sollte. Mark nahm ihr Zaudern zwar wahr, aber reagierte nicht darauf. Stattdessen nahm er auf dem Fahrersitz platz und schnallte sich an. Seine Freundin setzte sich schließlich ebenfalls ins Auto.

Die Fahrt zum Bahnhof verlief schweigend und Mark hätte auch gar nicht gewusst, was er sagen sollte. Die Einladung von Veronikas Eltern kam schon vor einer ganzen Weile und Mark hatte sich seitdem schon auf eine sturmfreie Zeit gefreut. Veronika hatte ihn gefragt, ob er nicht mitkommen wollte, aber er hatte verneint.

„Genieße die Zeit mit Deinen Leuten – da möchte ich gar nicht stören!", hatte er damals gesagt. Zuerst hatte sich Veronika auch darüber gefreut, aber irgendwie wollte sie Mark auch nicht allein lassen.

Er hielt den Wagen in unmittelbarer Nähe des Bahnhofs an. Hier war zwar Parkverbot, aber für ein paar Minuten wäre es in Ordnung. Obwohl Veronika nur über ein verlängertes Wochenende wegfuhr, schien sie ihren Koffer randvoll gefüllt zu haben. Jedenfalls ächzte er, als er das Teil aus dem Kofferraum hob.

Auf dem Bahnhof war ziemlich viel los: Geschäftsreisende, Soldaten oder Urlauber kamen nach Hause und wurden von ihren Liebsten am Bahngleis in Empfang genommen. Der Zug von Veronika fuhr gerade ein, als sie den Bahnsteig betraten. Mark war glücklich über sein Timing, weil er keine Lust auf eine lange Abschiedsszene hatte. Außerdem war es sehr kalt und ungemütlich – ein typischer Bahnhof eben.

Schnell hatten sie den richtigen Waggon gefunden. Aus der Tür ergossen sich die Insassen mit ihrem Gepäck zusammen mit verschiedenen Gerüche und der aufgestauten Wärme. Die Schlange, die unten auf den Eintritt wartete, war dagegen klein. Überhaupt wollten nur wenige Reisende in die letzten Züge des Tages einsteigen. Mark wuchtete den Koffer noch einmal empor. Veronika gab ihm eine Umarmung, die Mark ein paar Sekunden zu lange dauerte. Er löste sich von ihr und gab ihr einen Kuss auf die Stirn.

„Lass es Dir gut gehen und trink nicht so viel!", verabschiedete sich Veronika mit einem Lächeln.

„Dito", erwiderte Mark lapidar. „Ich muss zum Auto", sagte er noch und wandte sich um.

Kaum im Auto angekommen zündete sich Mark eine Zigarette an und freute sich auf zwei volle Tage der Freiheit. Veronika würde erst spät an diesem Freitag bei ihren Eltern ankommen und bis Sonntag bleiben. Innerlich rieb sich Mark die Hände und startete den Motor seines Wagens.

Eine halbe Stunde später hatte er seine Tasche gepackt und sich frisch rasiert. Er musterte sich im Spiegel und schaute dann auf die Uhr. Es war nun kurz nach sieben und draußen war es mittlerweile ganz dunkel geworden. Wie eine knappe Stunde zuvor packte er wieder etwas in den Kofferraum. Dieses Mal war das Gepäck aber wesentlich leichter: Es war nur seine Sporttasche, die für einen ausgiebigen Saunaabend gepackt war.

Mit quietschenden Reifen fuhr er los zur Wohnung von Astrid. Ungeduldig drückte er den Klingelknopf und nahm zwei Stufen auf einmal im Treppenhaus. Entgegen seiner Erwartungen sah seine Geliebte ihn nicht lächelnd an. Stattdessen trug sie eine ziemlich düstere Miene zur Schau. Auch trug sie noch ihre Arbeitsklamotten und hatte lediglich keine Schuhe an. Für einen schönen Abend schien sie keineswegs bereit zu sein.

„Was ist los?", fragte Mark mit gerunzelter Stirn.

Astrid schloss die Tür und seufzte. „Tut mir leid, Süßer! Ich hatte einen echt harten Tag und bin gerade erst nach Hause gekommen." Sie lehnte sich an die Tür an.

Im Nu sank die gute Laune von Mark in den Keller. Er hatte eine böse Vorahnung, dass die nächsten Stunden nicht so ablaufen würden, wie er es sich erhofft hatte.

„Außerdem habe ich eine fiese Migräne. Tut mir echt leid!"

Astrid zog die Mundwinkel nach unten und machte eine Schnute.

Mark fühlte sich so, als wollte er einen Lotteriegewinn abholen doch sein Los war für ungültig erklärt worden.

„Das nenne ich mal ein Scheiß-Timing!", machte er seinem Ärger Luft. Er zog die Augenbrauen zusammen und stand unschlüssig neben ihr. Wie sollte er darauf reagieren?

„Ich mache es demnächst wieder gut, okay?", machte Astrid ein Friedensangebot. Mark merkte, dass es ihr wirklich nicht gut ging und ihr die Absage zu schaffen machte. Schließlich schluckte er seinen Ärger herunter und nahm Astrid in die Arme. Zu gerne hätte er jetzt mit ihr geschlafen, aber das war utopisch.

„Wie wirst Du es wieder gut machen?", fragte er leise in ihr Ohr.

„Ich mach alles, was Du willst!", flüsterte sie.

„Gut, aber dann will ich auch wirklich alles!", sagte Mark verschwörerisch.

Sie lösten sich voneinander und Astrid lächelte müde.

„Ich nehme jetzt eine Tablette, werde kurz duschen und mich dann hinlegen", erklärte sie.

Auf die Idee sie zu pflegen kam er nicht. Stattdessen wünschte Mark ihr eine gute

Besserung und verabschiedete sich mit einem Kuss auf ihren Mund. Seine Enttäuschung konnte er kaum verbergen und überlegte noch im Treppenhaus, was er denn jetzt anstellen konnte. Alleine in die Sauna wollte er nicht, das war ihm zu blöd.

Kurzentschlossen fuhr er zum nächsten Getränkemarkt und investierte sein Geld in alkoholische Getränke. Mit mehreren Flaschen bewaffnet kehrte er in seine Wohnung zurück. Diese präsentierte sich still und dunkel, ohne Leben. Mark prüfte das Eisfach, aber bis auf eine fast leere Eiscremepackung war nichts darin enthalten. Also machte er sich einen Drink ohne Eiswürfel und setzte sich auf sein Sofa. Er entspannte bei einer Zigarette und dachte über die Geschichte mit der Migräne nach. Kurz überlegte er, ob Astrid die Wahrheit gesagt hatte oder ob es nur eine Ausrede gewesen war. Mit Gewissheit schob er diesen Gedanken beiseite. Seiner Meinung nach war es lediglich Pech – ein sehr großes Pech!

Nach einem ordentlichen Schluck aus dem Glas holte er sich eine Tüte Kartoffelchips aus der Küche. Er machte es sich im Wohnzimmer gemütlich, senkte die Rollos und schaute sich einen Pornofilm an. Das hatte er schon länger nicht mehr gemacht.

Die Handlung war nicht erwähnenswert, aber dafür sahen die Darstellerinnen sehr gut aus, wie Mark fand. Schnell hatte er eine bemerkenswerte Erektion. Eigentlich hatte er sich sein Sperma für Astrid aufgespart, aber nun machte er es sich selbst. Er versuchte, seinen Höhepunkt so zu verzögern, dass er gleichzeitig mit dem Hauptdarsteller kam. Das funktionierte auch beinahe und so stöhnten alle drei: die Frau und der Mann im Film, wie auch Mark selbst.

Durch seinen Höhepunkt und mit Hilfe des Alkohols hatte Mark seinen Ärger überwunden. Er machte sich mit einem Küchentuch sauber und schaute noch ein wenig den Film an. Nach einem weiteren Mixgetränk mit sehr viel Whisky darin, kam er noch einmal bei einer flotten Dreierszene. Danach schaltete er den Fernseher aus und war wie erschlagen. Hundemüde wankte er ins Schlafzimmer. Er dachte an die verpasste Gelegenheit mit Astrid, aber sein Gemüt war nun beruhigt und er war ziemlich duselig im Kopf. Er stolperte ins Bett. Um auf bessere Gedanken zu kommen ließ er noch einmal die Darstellerinnen des Films vor seinem inneren Auge Revue passieren und schlief dann in seinen Klamotten ein.

Am nächsten Morgen wachte Mark erst kurz vor Zehn Uhr auf. Hatte er tatsächlich noch seine Jeans an? So viel hatte er doch gar nicht getrunken. Eine heiße Dusche und einen ebenfalls heißen Kaffee später konnte er wieder klar denken. Die Fenster waren beschlagen, weil es draußen frostig kalt war. Kurzentschlossen rief er bei Astrid an.

„Guten Morgen, geht es Dir besser?", fragte er.

„Hallo Mark! Ich bin gerade erst aufgestanden. Ja, geht etwas besser, der Schlaf und die Tablette taten gut."

„Schön zu hören! Können wir uns heute sehen?", fragte er. Dunkel konnte er sich erinnern, dass es bei Astrid heute nicht ging. Aber fragen konnte er ja trotzdem.

„Heute kommt doch meine Schwester vorbei. Hatte ich Dir doch letztens erzählt!"

Da fiel es Mark auch schon wieder ein. Sie würde über Nacht bleiben und dieser Besuch war anscheinend auch schon längere Zeit geplant gewesen. Mark seufzte.

„Hör zu, ich muss Schluss machen", sagte Astrid, „Wir können uns bestimmt nächste Woche sehen!"

„Versprichst Du es?", forderte Mark.

„Ich verspreche es!", sagte Astrid und verabschiedete sich.

Mark ging ins Wohnzimmer und setzte sich aufs Sofa. Eigentlich könnte er endlich mal seinen Papierkram in Ordnung bringen. Aber dazu hatte er keine Lust. Gelangweilt nahm er die Tageszeitung und blätterte darin. Bei den Kontaktanzeigen blieb er stehen und studierte die Inserate. Die Single-Frauen waren ihm alle zu alt. Bei den erotischen Annoncen stand immer nur ein französischer Vorname neben einer Telefonnummer.

Aus purer Neugier rief er eine der Nummern an. Nach ein paar Mal läuten meldete sich eine raue Frauenstimme. Mark hatte Lust zu flirten, aber die Dame war eher nicht in der Stimmung dafür. Also fragte er nach dem Preis und sie gab bereitwillig Auskunft. Anscheinend hörte sie diese Frage nicht zum ersten Mal, denn bei ihr klang es sehr gelangweilt. Da das Monatsende nahte, hatte er nicht mehr so viel Geld übrig. Frustriert legte er einfach auf.

„Schon wieder nichts!", ärgerte er sich. Er seufzte und schaltete den Fernseher an, aber da kam auch nichts, was ihn interessierte. Trotzdem ließ er das Gerät laufen und steckte sich eine Zigarette an. Genervt ging er in der Wohnung umher. Im Tiefkühlfach fand er noch eine Fertigpizza und steckte diese in den Backofen.

Die Stunden verstrichen und Mark konnte sich zu nichts Produktivem aufraffen. Abends sollte ein Krimi kommen, der halbwegs interessant klang. Es war ein amerikanischer Film mit bekannten Darstellern.

Da Veronika ihn gebeten hatte, die Wäsche zu waschen kam er dieser Bitte nach. Zum Staubsaugen oder -wischen hatte er keine Lust. So kam es, dass er den ganzen Tag nur herumgammelte und sich abends bei einer Flasche Bier den Hollywoodschinken ansah. Nach dem Film war es schon kurz vor Dreiundzwanzig Uhr. Er beschloss, den Streifen von gestern Abend noch einmal anzuschauen, wobei er die Abschnitte übersprang, in denen so etwas wie eine Handlung erzählt wurde. Das Ergebnis war ähnlich wie am Vorabend, nur dass Mark sich in dieser Nacht seinen Pyjama anzog bevor er ins Bett ging.

Der Sonntagmorgen glich dem vorangegangenen Tag. Allerdings war das Wetter etwas besser und die Sonne brach durch die

Wolken. Mark machte sich einen Kaffee zum Frühstück und zwei Scheiben Buttertoast. Nach der Stärkung konnte er sich aufraffen, die Küche auf Vordermann zu bringen. So spülte er das Geschirr der vergangenen Tage und räumte ein bisschen auf.

Von draußen schien die Sonne herein und lud zu einem Spaziergang an der frischen Luft ein. Aber das war ihm zu langweilig. Stattdessen überlegte er, was er kochen könnte. Da fiel ihm die Dönerbude in der Nähe ein. Bis zur Mittagszeit lümmelte er auf dem Sofa herum, rauchte und zog sich dann Schuhe an, um nun doch nach draußen zu gehen. Die paar Schritte taten ihm gut, wobei er nicht einmal fünf Minuten für den kurzen Fußweg benötigte. Dann betrat er den Imbiss und atmete die Dämpfe des Drehgrills ein. Schon lief ihm das Wasser im Munde zusammen. Er gönnte sich einen Dönerteller mit Pommes und einen türkischen Tee mit viel Zucker.

Das Schild einer nahen Apotheke zeigte Temperaturen um den Gefrierpunkt an, aber Mark kam es wie -14 Grad vor. Er sah sich die Menschen in dem kleinen Raum und auf der Straße an. Der Asphalt war dunkelgrau vor Nässe, obwohl es gar nicht regnete. Es waren keine interessanten Leute dabei, die es Wert waren beobachtet zu werden. Also zahlte er und ging wieder nach Hause. Dort angekommen hatte er noch ein paar Stunden bis zur Rückkehr von Veronika. Er wusste nichts mit sich anzufangen und schaltete wieder den Fernseher ein. Das Programm war aber so langweilig, dass er dabei eindöste.

Es war reines Glück, dass er genau zum richtigen Zeitpunkt erwachte. Wie hatte er so lange schlafen können? Gestern war er doch gar nicht so spät ins Bett gegangen und hatte auch ausgeschlafen. Vielleicht hatte sein Körper den Schlaf gebraucht! Nur zwei Minuten später saß er schon hinterm Steuer und fuhr wieder Richtung Bahnhof.

Als er den Bahnsteig betrat, war der Zug schon da. Veronika erspähte ihn als erstes und winkte. Sie trug eine grüne Jacke, die er nicht kannte und lief auf ihn zu. Zur Begrüßung schenkte sie ihm ein Lächeln und umarmte ihn. Er zog ihren Koffer und Veronika erzählte wie ein Wasserfall von ihrem Wochenende. Normalerweise war sie nicht so redselig, aber nun sprudelten die Informationen nur so aus ihr heraus. Mark hörte zwar zu, aber spannend fand er ihren Bericht nicht. Sie war mit ihrer Mutter einkaufen gewesen, was ihre neue Jacke erklärte.

Sie hörte erst auf zu reden, als sie im Treppenhaus angekommen waren und Mark den Koffer hochschleppte. In der Wohnung angekommen machte sich Veronika sofort daran, ihren Koffer auszupacken und die schmutzige Wäsche zu sortieren. Mark verschwand ins Wohnzimmer. Da er in den letzten zwei Tagen wenig menschlichen Kontakt gehabt hatte, war die plötzliche Nähe von Veronika ungewohnt. Als seine Freundin ebenfalls das Wohnzimmer betrat fühlte er sich durch ihre Nähe leicht unbehaglich.

Es roch nach Kräutern, denn sie hatte sich einen Tee gemacht und ungefragt ein kühles Bier für Mark mitgebracht.

„Hast Du hier drinnen etwa geraucht?", fragte sie.

Mark antwortete mit einem Achselzucken.

„Geputzt hast Du aber nicht, oder?", stellte sie mit einem amüsierten Blick fest.

Mark winkte ab und murmelte etwas in der Richtung „Keine Zeit".

Veronika ging nicht weiter darauf ein, sondern berichtete weiter von irgendwelchen Nachbarn ihrer Eltern, die Mark gar nicht kannte und ihn auch nicht interessierten. Es ging dabei um eine Hochzeit, die vor ein paar Monaten in deren Garten stattfand. Mark hinterfragte die Geschichte nicht und nickte nur.

„Meine Eltern haben ein großes Grundstück, das weißt Du ja?", begann Veronika mit veränderter Stimme.

Natürlich erinnerte Mark sich daran. Er war nur ein Mal zu Veronikas Eltern mitgefahren, aber das Haus hatte ihn schon beeindruckt. Die Wohnsiedlung war ganz am Rande der Kleinstadt und von Feldern umgeben. Direkt hinter dem Grundstück war eine Wiese und dahinter ein Rapsfeld gewesen. Veronika machte gerne Spaziergänge von dort aus, die in halben Wanderungen ausarteten.

„Ich hatte mir das ursprünglich ganz anders vorgestellt, aber wir könnten es ja auch so machen", sagte Veronika schließlich.

Mark war etwas perplex. Worauf wollte sie denn jetzt hinaus? Er musste die Frage nicht stellen, denn anhand seines Gesichtsausdrucks ahnte Veronika, dass ihr Freund auf dem Schlauch stand.

„Na ja, eine Gartenhochzeit!", platzte es aus ihr heraus.

Bis zu diesem Zeitpunkt hatte er ein sehr ruhiges und ereignisloses Wochenende gehabt. Aber nun klingelte in seinem Kopf eine Alarmglocke.

„Oh!", sagte er nur. Dieser plötzliche Themenwechsel hatte ihn erschreckt. Folglich wusste er nichts Schlaues zu erwidern.

„Was hältst Du denn davon?", fragte Veronika. Ihre Energie und ihr Gesichtsausdruck verrieten ihre Meinung genau. Sie wartete aber nicht die Reaktion von Mark ab, sondern beantwortete ihre Frage selbst.

Es ging dann noch eine Weile so weiter mit diesem Dialog, der mehr ein Monolog war. Mark biss sich innerlich auf die Lippe, weil er diese Konversation nicht führen wollte. Er probierte es mit Sätzen wie „Aber Du wolltest doch immer eine große Feier!" Es wirkte auf ihn so, als hätte sich Veronika mit einer kleinen Hochzeit und einer Gartenparty schon arrangiert. Ob sie das etwa mit ihren Eltern so besprochen hatte? Mark traute sich nicht danach zu fragen.

„Gefällt Dir die Idee denn nicht? Du guckst so gequält!", entfuhr es Veronika.

„Ich habe schon seit Stunden Migräne", erwiderte Mark.

Eine bessere Ausrede fiel ihm dieses Mal nicht ein. Wie zu erwarten verfehlte seine Bemerkung nicht die erhoffte Wende im Gespräch, denn Veronika wechselte sofort in ihren Krankenschwester-Modus. Fürsorglich brachte sie ihren erwachsenen Freund wie ein Kind zu Bett und fragte, ob er eine Tablette nehmen wolle oder sonst etwas benötigte. Er lehnte dankend ab und tat so, als ob er müde und kaputt wäre. Sie schloss leise die Schlafzimmertür und lies ihn allein.

Mark bemerkte, dass das Wochenende so schlimm endete, wie es begann. Er war nicht müde, blieb aber im Dunkeln liegen und dachte nach. Er musste sich eine Ausrede einfallen lassen, denn ansonsten würde diese Garten-Hochzeit zu einer fixen Idee werden. Und das konnte er gar nicht gebrauchen. Ihm kam plötzlich in den Sinn, dass Veronika ihm sogar einen Antrag machen könnte. Diesbezüglich war sie zwar romantisch-konservativ und würde auf Marks Initiative warten. Aber wenn er nicht aufpasste, dann würde sie irgendwann einfach das Heft in die Hand nehmen. Für ihn war das eine Horrorvorstellung! Er lauschte den Geräuschen, die Veronika im Wohnzimmer machte und fiel irgendwann in einen unruhigen Schlaf.

Konsumfreude

Glück gehabt!, freute sich Mark. Gerade war er mit dem Fahrrad wieder nach Hause gekommen und nun fing es an zu regnen. Beschwingt ging er mit seinem Einkaufskorb die Stufen zur Wohnung nach oben.

Nach der Hochschule hatte er noch etwas Zeit in der Bibliothek verbracht und war danach einkaufen gegangen. Für den späten Nachmittag hatte sich Kerstin angekündigt und Mark wollte sie so richtig verwöhnen. Er würde also etwas kochen und ihr Wein zu trinken geben. Danach wollte er sie ausgiebig massieren und der Rest würde sich dann hoffentlich von selbst ergeben.

Mit Benjamin war es so abgesprochen, dass er nach der Uni zu Marit fahren und dort auch übernachten würde. Also hatte er die Wohnung für sich. Mark gefiel sein Plan und der Regen, der draußen gerade wütete, würde die Behausung noch gemütlicher machen.

Er musterte gerade noch das Rezept und hatte alle Zutaten fein säuberlich geordnet.

Just in dem Moment klingelte das Telefon. Es war Kerstin!

„Hi Süßer!", meldete sie sich mit offensichtlich guter Laune.

„Hallo Schatz!", erwiderte Mark unsicher. Er befürchtete, dass sie das gemeinsame Date kurzfristig absagen würde.

„Ich hole Dich in einer halben Stunde ab, okay?", fragte Kerstin.

Mark zögerte eine Sekunde. Eigentlich war es anders abgesprochen.

„Abholen?"

„Ja, ich muss noch etwas zum Anziehen besorgen. Kommst Du mit?"

Mark war etwas enttäuscht, weil sein sorgfältig inszenierter Plan zu bröckeln begann. Er probierte noch einmal darauf zurück zu kommen: „Eigentlich wollte ich doch für Dich kochen".

Sein zaghafter Protest wurde recht simpel abgeschmettert, denn Kerstin sagte: „Ich habe schon gegessen. Kommst Du nun mit oder nicht?"

Ohne Gegenwehr ergab er sich: „Klar bin ich dabei".

„Gut, dann bis später!"

Kerstin beendete das Gespräch. Er überlegte kurz und packte seine Zutaten in den Kühlschrank. Dann nahm er eine Dusche und machte sich zurecht. Um die letzten Minuten zu überbrücken schaute er sich noch einmal seine Aufzeichnungen der Vorlesungen an.

Kaum hatte er seinen Studentenblock hervorgekramt, konnte er sich in den Stoff vertiefen. Ein paar Minuten später wurde die Stille der Wohnung durch das Läuten der Türglocke gestört. Kerstin war nur ein paar Minuten zu spät. Mark ging die Treppe hinunter und seine Freundin wartete im Auto auf ihn. Es hatte sich eingeregnet und Mark hastete zur Beifahrertür.

Sofort bemerkte er ihren süßlichen Duft, der im krassen Gegensatz zu den Gerüchen der Natur stand. Wie immer war sie geschminkt und sah aus, wie aus dem Ei gepellt. Er küsste sie zur Begrüßung und es ging sofort los. Kerstin erzählte ihm, dass sie zum Mittagessen eingeladen worden war und nicht ablehnen konnte. Es war ein Geschäftsfreund ihres Vaters gewesen, dessen Unternehmen in der High-Tech-Industrie Geschäfte machte. Vielleicht konnte sie dort später ein Praktikum machen.

Mark nickte verständnisvoll und freute sich für Kerstin. Durch die Verbindungen ihres Vaters wurden ihr so manche Türen geöffnet, die andere nur durch mühsames Bewerben versuchten zu öffnen. Er überlegte kurz, ob er über Kerstin vielleicht auch an so einen Praktikumsplatz kommen könnte. Aber irgendwie war da eine Blockade in ihm und er konnte seine Idee nicht artikulieren. Also hielt er seinen Mund.

Ein paar Minuten später waren sie im Einkaufszentrum angekommen. Kerstin fand einen Parkplatz im Parkhaus in unmittelbarer Nähe zum Eingang. Sie stellte den Motor ab und nahm ihre Handtasche. Mark tapste ihr hinterher. Er stellte Kerstin ein paar Fragen zu ihrem Tag und sie beantwortete sie lächelnd.

In den meisten Geschäften, die sie aufsuchten, waren leider nur Klamotten für die Damenwelt. Mark staunte über die heftigen Preise. Was hier unter der Rubrik „Sale" angeboten wurde, war immer noch sehr teuer. Viel zu kostspielig für Marks Budget auf jeden Fall. Während sie mit einem ganzen Stoß edler Bekleidungsstücke in die Umkleide verschwand, lümmelte er auf einem Stuhl herum. Leise waren die Geräusche zu hören, wie sich Kerstin aus- und wieder anzog. Schließlich öffnete sich der Vorhang und Kerstin kam zum Vorschein. Oder besser gesagt: Sie erschien! Es fehlte nur noch ein Scheinwerfer, denn Kerstin sah sagenhaft aus. Sie trug ein blaues Kleid und dazu passende Pumps. Sein Mund formte ein stilles „Wow" und er war entzückt.

„Du könntest echt als Model arbeiten!", gab er seiner Begeisterung Ausdruck.

Kerstin schenkte ihm ein zuckersüßes Lächeln und drehte sich gekonnt. Anscheinend war sie auch zufrieden und entschied sich für das Kleid und die dazu passenden Schuhe.

An der Kasse zückte sie ihre Geldbörse und eine goldene Kundenkarte. Ohne mit der Wimper zu zucken zahlte sie den dreistelligen Betrag und Mark trug artig die opulente Tüte mit den neuesten Jagdtrophäen. Leider schien sie nun erst auf den Geschmack gekommen zu sein und es ging noch in ein paar weitere Läden. So wechselten eine neue Handtasche und ein paar Ohrringe in den Besitz von Kerstin über. Zum Schluss gingen sie einen einen Dessous-Geschäft. Das fand Mark sehr aufregend.

Er versuchte cool zu bleiben und besah sich mit Kerstin die schöne Unterwäsche. Sie suchte sich ein paar Teile aus und verschwand in der Kabine. Mark bemerkte, dass er der einzige Mann in dem Laden war. Irgendwie war es ihm ein bisschen peinlich. Leicht nervös stand er im Gang mit den Umkleiden herum, bis sich Kerstin bei ihm meldete.

„Kommst Du mal eben rein?", fragte sie leise.

Mark ließ sich nicht zwei Mal bitten und trat durch den Vorhang hindurch. Kerstin hatte ein weinrotes Ensemble an. Sie trug das neue Höschen über ihrem eigentlichen Slip und warf ihm einen kecken Blick zu.

Er spürte seine plötzliche Erregung und Kerstin schien das zu wissen. Sie zog ihn an sich und küsste ihn wild. Ihre Hand wanderte in seine Hose und massierte sein Glied. Er atmete schwer und gab sich dem Kuss hin. Sie drückte seinen Kopf nach unten. Obwohl sie nicht kräftig und groß genug war, lies Mark es geschehen. Er zog ihre beiden Höschen zur Seite und begann sanft ihre Weiblichkeit zu küssen.

Mark dachte daran, dass sie jederzeit erwischt werden konnten. Aber seine Freundin schien das nicht zu kümmern. Sie winkelte ein Bein an, so dass Mark noch besser zwischen ihre Schenkel kam. Mit flinker Zunge leckte er sie so gut er konnte. Es war total spannend und erregend für ihn. Er blickte hoch und sah, dass sie ihren Kopf nach hinten gelegt hatte und ihre Augen geschlossen waren. Sie öffnete nun den Mund und stöhnte unmerklich. Mark intensivierte seine Bemühungen. Ihre Hand verkrampfte sich in seinen Haaren und Mark gab alles. Eine Minute später war es soweit und nun riss sie fast an seinem Schopf. Sie atmete schwer und ihr Körper zuckte. Langsam erschlaffte ihr Griff und Marks Kopfhaut erholte sich von dem Schmerz. Kerstin seufzte und lächelte von oben auf ihn herab. Mark stand auf und gab ihr einen Kuss. Sie gab ihm zu verstehen, dass er die Kabine nun verlassen konnte.

Mit einer starken Erektion in der Hose wartete Mark wie ein Hündchen vor der Kabine. Seine Jacke verdeckte seinen Schoß und er regte sich langsam ab. Nach zwei Minuten kam Kerstin mit einem breiten Lächeln aus der Kabine. Die Dessous hatte sie fein säuberlich wieder auf den Mini-Hängern platziert. Die Kassiererin scannte die Sachen ein und auf dem Kassendisplay erschien eine erkleckliche Summe. Mark staunte nicht schlecht über den Preis angesichts des winzigen bisschen Stoffs mit Spitze. Kerstin bezahlte unbeeindruckt und nahm das kleine Tütchen mit der neuen Unterwäsche zufrieden entgegen. Wenn sie jedes Mal so viele neue Sachen kaufte, dann musste ihr Kleiderschrank ein Vermögen wert sein, ging es Mark durch den Kopf.

Für heute jedenfalls hatte sie genug und konnte sich über 11 neue Errungenschaften freuen. Sie fuhren wieder heim und Kerstin schien sehr entspannt zu sein. Mark war neugierig und hätte gerne gewusst, wie es ihr gefallen hatte. Er wusste, dass sie sexuell aufgeschlossen war. Nicht nur durch die gemeinsamen intimen Erlebnisse, sondern weil sie es auch explizit einmal erwähnt hatte: Vor ein paar Wochen erzählte sie von einem erotischen Abenteuer, welches sie mit einem Exfreund gehabt hatte. Die Geschichte war an sich witzig, aber bei Mark hatte es ein unangenehmes Eifersuchtsgefühl erzeugt.

Zu Hause angekommen machten es sich die beiden auf dem Sofa gemütlich. Mark zündete eine Kerze an und legte seichte Musik auf. Er fragte, ob Kerstin denn jetzt Hunger hätte und zu seinem Erleichtern bejahte sie. Mark hatte auch ordentlich Appetit und fing an in der Küche zu werkeln an. Nach gut Zwanzig Minuten wusste er, dass seine Karriere nicht in der Küche lag. Aber trotzdem war er stolz auf sein Werk und beäugte den Auflauf im Backofen. Die Flasche Wein hatte er schon atmen lassen, wobei er nicht wusste, ob das bei dieser günstigen Sorte wirklich zu einem besseren Geschmack beitrug.

Er setzte sich zu Kerstin und schenkte ihr ein. Sie prosteten einander zu und redeten ein wenig. Dabei erfuhr Mark, dass das neue Kleid für eine Feier ihres Vaters gedacht war. Von diesen Feiern gab es so manche, auf denen nicht nur die Geschäftsleute eingeladen waren, sondern manchmal auch ihre Partner bzw. die ganze Familie. Darüber staunte Mark nicht schlecht, denn diese Welt kannte er nicht.

Ein Piepsen zeigte an, dass das Essen fertig war. Mark rauschte in die Küche und der Auflauf sah sehr gut aus. Er stellte den Behälter auf den Esstisch und es dampfte verlockend. Obwohl es noch sehr heiß war, langte Mark ordentlich zu. Kerstin nahm nur recht wenig.

„Schmeckt es Dir?", fragte er neugierig.

„Ist nicht so meins", antwortete sie.

Dabei lächelte Kerstin allerdings so süß, dass bei Mark keine große Enttäuschung aufkam.

Nach dem Essen setzten sie sich wieder auf die Couch und genossen die letzten Schlucke Wein. Mark streichelte ihren Arm und überlegte, wann der richtige Zeitpunkt für die Massage war. Mit vollem Magen kam das sicherlich nicht so gut an.

„Bist Du mir böse, wenn ich jetzt verschwinde?", sagte sie plötzlich.

Marks Antwort wurde auch ohne Worte deutlich, denn ihm entgleisten sämtliche Gesichtszüge. Sollte er jetzt seine ehrliche Meinung sagen oder gute Miene zum bösen Spiel machen?

„Ich dachte wir machen uns einen schönen Abend?", fühlte er erst einmal vor.

„Sorry, aber ich muss noch eine Hausarbeit fertig machen."

„Heute Abend noch?", Mark konnte das kaum glauben. Es war jetzt schon nach Zwanzig Uhr und so richtig produktiv konnte auch Kerstin mit einer halben Flasche Wein intus nicht mehr sein.

„Ja, Du weißt doch, dass ich eher nachtaktiv bin", entgegnete sie.

Mark ließ die Schultern hängen. Damit hatte er nicht gerechnet und war jetzt richtig enttäuscht. Er kam sich vor wie ein Kind, dessen Lieblingsspielzeug weggenommen wurde.

„Danke für Dein Verständnis, Süßer!", sagte Kerstin. Sie beugte sich vor und gab ihm einen langen, leidenschaftlichen Kuss.

Damit verflog erst einmal jede Art von Groll und Enttäuschung aus Marks Gedanken. Leider hielt das Hochgefühl nicht sehr lange vor. Sie verabschiedete sich an der Tür und ein paar Augenblicke später stand Mark allein im Flur.

Die Wohnung war leer und so fühlte sich Mark auch. Draußen prasselte der Regen gegen die Fenster. Eigentlich war der Tag sehr schön gelaufen: Er hatte Zeit mit seiner Freundin verbracht, sie in Dessous gesehen und ein sehr erotisches Erlebnis mit ihr gehabt. Das mit dem Kochen hatte gar nicht so schlecht funktioniert, auch wenn Kerstin wohl nur aus Höflichkeit ein wenig gegessen hatte. Aber eigentlich wollte er die Nacht mit ihr verbringen. Nicht nur wegen dem Sex, sondern auch, weil er mal mit ihr gemeinsam aufwachen wollte. Diese traute Zweisamkeit vermisste er mehr als alles andere in seiner Beziehung.

Grübelnd machte er sich an den Abwasch. Sollte er mal offen mit ihr darüber reden?

Oder wäre sie dann eingeschnappt, weil sie sich eingeengt fühlte? Ihr Temperament konnte manchmal anstrengend sein; auch das hatte er bei einem Streit über eine Kleinigkeit schon leidvoll erfahren.

Also setzte er sich allein auf die Couch und machte sich über eine kühle Flasche Bier her. Er merkte, wie das Gemisch aus verschiedenen alkoholischen Getränken ihn sehr müde machte. Im Fernsehen lief nichts Gescheites, also ging er früh ins Bett. Er konnte nicht sofort einschlafen, weil in seinen Gedanken das Verständnis und die Rücksicht für Kerstin mit einem Gefühl aus Frust und Zweifel kämpften. Schließlich fiel er dann in einen unruhigen Schlaf.

Controlling

Leicht genervt schaute Mark auf das kleine Schild neben dem Meetingraum. Etwas verspätet hatte er das richtige Besprechungszimmer mit der Nummer 16 gefunden. Er öffnete die Tür, ohne anzuklopfen und blickte in die Augen von Herrn Kunze, der ihn eingeladen hatte.

Der Kollege war in der Buchhaltung angestellt und wollte die Zahlen von Marks Projekten prüfen. Jedenfalls ging das aus der Einladung zu diesem Treffen hervor. Außer einem sehr knappen „Hallo" sagte keiner etwas zur Begrüßung. Mark mochte den Mann nicht, obwohl er ihn gar nicht kannte. Und Herr Kunze hatte anscheinend auch nichts übrig für höfliche Floskeln.

Es roch nach Metall und altem Teppichboden. Dieser Raum sollte mal renoviert werden, dachte Mark. Nachdem er sich gesetzt hatte, blickte er den Mann erwartungsvoll an.

„Ich habe ihre Kalkulationen geprüft", begann der Controller endlich das Gespräch. „Aber verstanden habe ich sie nicht!"

Mark antwortete mit einem Achselzucken. „Was haben Sie denn nicht verstanden?", fragte er unschuldig.

Herr Kunze schaute auf den grauen Hefter, der vor ihm lag. „Da sind viele Unstimmigkeiten. Schauen wir uns zum Beispiel einmal diese Kosten an". Er schob Mark eine Fotokopie hin. Unzweifelhaft erkannte Mark die Namen seiner Projekte und runzelte die Stirn. Es war eine Aufstellung der Projektkosten, die er selbst irgendwann erstellt hatte. Er blickte auf die Tabelle und dann zurück auf den Mann aus der Finanzabteilung.

„Sie haben hier einige kleinere Kostenblöcke", bohrte Kunze weiter. „Zum Beispiel diese Spesenabrechnung hier!" Er deutete auf einen Betrag, der mit einem Textmarker hervorgehoben war.

Mark schaute auf das Datum und konnte sich beim besten Willen nicht daran erinnern. Also dachte er sich etwas aus: „Wahrscheinlich habe ich das Projektteam zum Essen eingeladen. Als Motivation, verstehen Sie? Wir standen unter ziemlichen Druck."

„Es ist eine Spesenabrechnung, das ist korrekt! Aber die beiden Mitarbeiter, die Sie angegeben haben, waren zu dem Zeitpunkt gar nicht bei ihrem Projekt eingeteilt: Herr Zajak war damals in Elternzeit und Herr Müller war in der Umstrukturierungsmaßnahme voll eingespannt". Triumphierend blickte Herr Kunze ihn an.

Jetzt fiel es Mark wieder ein: Es war ein sündhaft teures Abendessen, welches er für Astrid ausgegeben hatte. Sie hatten das dreimonatige Bestehen ihrer Affäre „gefeiert". In der gemeinsamen Mittagspause hatte sie ihm das mit dem Jubiläum gesteckt und er hatte dann gekonnt improvisiert. Den Tisch hatte er nur mit viel Glück bekommen, weil er bei mehreren guten Restaurants anrief. Und ein nobles Etablissement hatte tatsächlich noch einen Tisch frei gehabt. An dem Abend hatte er extra sein Training sausen lassen und Astrid dann ganz vornehm ausgeführt. Sie hatte sich sehr gefreut und Mark dann später zu Hause leidenschaftlich verwöhnt. Am liebsten hätte er damals bei ihr übernachtet, aber das hätte er Veronika nicht erklären können. Innerlich seufzte er bei der Erinnerung. Dann fokussierte sein Blick wieder auf das Stirnrunzeln seines Gegenüber:

„Ich wollte die beiden bei der Stange halten und habe sie mit Absicht eingeladen", log Mark. „Es war als Belohnung gedacht und ich wollte mich damit für den Einsatz der beiden bedanken. Ich denke im Sinne der Firma gehandelt zu haben."

Dabei verzog er keine Miene und schaute Herrn Kunze fest in die Augen. Der Mann erwiderte seinen Blick, aber wandte sich dann doch ab. Wieder blickte er auf seinen Hefter und suchte nach der nächsten Unstimmigkeit.

„Was ist damit?", fragte er herausfordernd.

Wieder reichte er Mark eine Fotokopie einer anderen Aufstellung. Erneut konnte Mark sich erst nach heftigem Nachdenken erinnern. Seine anschließende Begründung war plausibel, konnte aber von dem Controller nicht nachgeprüft werden.

Auf diese Weise drehten die beiden einige Runden nach immer demselben Muster. Herr Kunze hinterfragte eine oder mehrere Zahlen, Mark versuchte sich an den wahren Hintergrund zu erinnern und lieferte dann eine mehr oder minder glaubhafte Erläuterung. So viele Spesen hatte er in seiner Erinnerung nicht verursacht. Aber die eine oder andere Rechnung war doch dabei gewesen, die jeder Grundlage entbehrte.

Schließlich sammelte er sich und holte zum Gegenschlag aus: „Es ist ja schön, dass Sie hier alle meine Zahlen unter die Lupe nehmen. Aber was soll ich davon halten? Vertraut mir die Firma nicht mehr? Liefere ich nicht die gewünschten Projektergebnisse?" Marks Stimme wurde dabei etwas lauter und schärfer im Ton.

Herr Kunze zuckte zusammen. Auf diesen Angriff war er nicht vorbereitet. „Natürlich vertraut ihnen die Firma", sagte er mit einer fast entschuldigenden Stimme. „Wir sind dazu angehalten wahllos Zahlen herauszugreifen. Das gehört zur Qualitätskontrolle!", erläuterte er.

„Dann haben wir ja jetzt schön die Qualität hochgehalten", sagte Mark zynisch. „Kann ich jetzt auch wieder etwas wertschöpfendes arbeiten?" Demonstrativ stand Mark auf und beendete damit das Meeting.

Herr Kunze stand ebenfalls auf. Zwar hatte er noch ein paar ungeprüfte Papiere, aber irgendwie hatte ihn der Mut verlassen. Er rief Mark noch einen Dank für die Kooperation hinterher, aber dieser hatte den Raum schon verlassen.

Mark war erleichtert, aus dem Finanzbereich verschwinden zu können. Seine Taktik, den Spieß umzudrehen und in den Angriffsmodus zu wechseln, hatte seiner Meinung nach funktioniert und damit war er sehr zufrieden. So ein Prüfungsgespräch hatte er bisher noch nie führen müssen. Projekte verschlangen eben Geld und damit Basta! Er dachte darüber nach, ob Kunze die Wahrheit gesagt hatte und wahllos Kostenblöcke geprüft und Angestellte zu solchen Meetings eingeladen wurden.

Kurzerhand nahm der den Hörer vom Telefon und wählte die Büronummer von Astrid. Er wusste, dass sie heute im Hause war, denn er hatte sie nach dem Mittagessen kurz mit diesem neuen Kollegen im Gang gesehen. Wie hieß der noch gleich? Egal.

Astrid meldete sich und ihr Ton war etwas förmlich. „Ja, bitte?"

„Hallo Süße!", begann er das Gespräch.

„Hallo! Wie kann ich helfen?", fragte sie.

„Bist Du nicht allein im Büro?"

„Korrekt", antwortete sie.

Das erklärte ihre sehr knappe Art.

„Wurdest Du auch schon mal vom Controlling geprüft? Also mit Gespräch und Belegprüfung und so weiter?", fragte er.

„Nein, aber mein Kollege hatte das mal", erwiderte sie.

„Mit welcher Begründung?", bohrte Mark noch einmal nach.

„Ich glaube das ist ein Standardprozess".

Diese Antwort beruhigte Mark erst einmal.

„Okay, verstehe. Ich hätte jetzt Lust, Dich zu nehmen, Astrid", sagte er mit einer verschwörerischen Stimme.

„Das ist interessant. Vielleicht können wir das später eruieren. Ich bin noch in einem anderen Gespräch."

Astrid blieb professionell, aber Mark wusste, dass seine Bemerkung sie nicht kalt lies. Er hörte es an ihrer Stimme.

„Bis dann, Baby", beendete er das Gespräch.

„Auf Wiederhören", entgegnete sie.

Mark legte den Hörer auf und grinste zufrieden. Die Sache mit Kunze beschäftigte ihn schon nicht mehr. Sie erinnerte ihn aber an seinen eigentlichen Job und er schrieb noch zwei Emails an seine Projektkollegen, um nach dem aktuellen Status zu fragen.

Der Rest des Nachmittags verlief ereignislos: Er machte eine Raucherpause und wartete auf einen Anruf von Astrid, aber bis zu seinem Feierabend blieb sein Telefon still. Stattdessen schrieb er ihr eine E-Mail und gestaltete den Text wie eine förmliche Einladung. Gleichzeitig war aber zwischen den Zeilen eine eindeutige Einladung zu einer amourösen Mittagspause zu verstehen. Grinsend sendete er die Nachricht ab und fuhr dann seinen PC herunter.

Zu Hause angekommen erwartete er seine Freundin vor dem Fernseher sitzen zu sehen. Aber diese saß am Esstisch und hatte einen karierten Block mit vielen Zahlen vor sich. Irritiert schaute er ihr über die Schultern. War Veronika über Nacht auch zu einer Controllerin geworden? Wollte ihn heute jeder zu irgendwelchen Zahlen befragen??

Im Gegensatz zu Herrn Kunze lächelte seine Freundin ihn an und begrüßte ihn herzlich. Sie strich das Papier glatt, obwohl es gar keine Falten besaß. „Hier, ich habe mal gerechnet", präsentierte sie mehrere Tabellen stolz. Sie tippte triumphierend auf eine vierstellige Zahl, die sie mit einem gelben Textmarker eingekreist hatte. „Wenn wir ordentlich sparen, uns mit den Ausgaben etwas zurückhalten und nicht zu viele Gäste einladen, dann könnte es in einem Jahr klappen."

Mark versuchte die Tabelle zu verstehen. Es war eine einfache Budgetplanung mit Einnahmen und Ausgaben. Ein Blick auf die Überschrift verriet die ganze Aktion. Dort stand in großen Lettern „Hochzeitsfinanzierung" und war doppelt unterstrichen.

Das Wort sorgte in Marks Bewusstsein für mehr Stress als das Meeting heute Nachmittag. Immer noch mit dem Papier in der Hand setzte er sich und schnappte nach Luft. Die Verteidigung gegen die Fragen des Kollegen war vergleichsweise einfach. Aber was sollte er jetzt entgegnen? Veronika setzte sich neben ihm und legte einen Arm um seine Schultern. Ihre Befriedigung war ihr anzumerken. Sie lächelte und deutete stolz auf das Zahlenmaterial.

„Da staunst Du, was?", fragte sie.

„Wow", entgegnete er einfach nur. Etwas Besseres fiel ihm nicht ein.

Veronika blickte ihn an. „Wie geht es Dir?", fragte sie interessiert.

Er berichtete von dem anstrengenden Gespräch mit Kunze und schmückte das Ganze sehr stark aus. Seinen Worten nach hatte die Belegprüfung den größten Teil des Tages gedauert und nicht nur eine knappe Stunde. Das Ganze garnierte er noch mit heftigen Kopfschmerzen, die angesichts der Konzentration auf die vielen Zahlen fast zwangsläufig bei ihm auftraten.

„Du hast in letzter Zeit ganz schön oft Kopfschmerzen", bemerkte sie. „Möchtest Du mal zu einem Arzt gehen?", schlug sie vor.

„Ach, es ist einfach die Arbeit, die mich auffrisst", stöhnte Mark. Angesichts des heutigen Tages und seiner Geschichte von eben klang das halbwegs plausibel. „Vielleicht rufe ich den Doc wirklich mal an".

Veronika nickte und nahm seine Hand.

„Ich glaube ich sollte mal einen Spaziergang machen."

Mark stand auf und wollte seine Jacke holen.

„Soll ich mitkommen?", fragte sie.

„Kommt heute nicht Deine Lieblingssendung?"

„Ja, aber wenn Du möchtest, dann begleite ich Dich."

„Das ist schon in Ordnung. Draußen ist es kalt und ich weiß doch, wie gerne Du das schaust."

Sie bedankte sich artig und schaltete das TV-Gerät an. Das Blatt Papier lag auf dem Tisch und war zumindest vorerst aus ihrem Fokus verschwunden.

Als er nach draußen ging nieselte es leicht und Mark bereute seine Idee mit dem Spaziergang. Er hatte überhaupt keine Lust in den dunklen Straßen umherzutappen und dabei nass zu werden. Fluchend kickte er eine leere Getränkedose fort und zündete sich eine Zigarette an. An der Ecke der Hauptstraße war eine heruntergekommene Kneipe. Dort kehrte er ein und setzte sich an den Tresen. Es war sehr schlecht besucht. Das mochte an der antiquierten Einrichtung liegen oder an der Tatsache, dass es ja mitten in der Woche war. Der Geruch von Alkohol und nasser Kleidung stieg ihm in die Nase. Er bestellte ein Bier, was ihm eiskalt serviert wurde. Nach einem tiefen Schluck ging es ihm schon besser. Immerhin hatte er hier seine Ruhe.

In der Kneipe war fast nichts los und der Wirt beschäftigte sich damit, Gläser zu putzen. Die anderen Besucher waren für ihn uninteressant. Also las er eine Zeitung, die herrenlos auf dem Tresen lag. Er ging erst nach zwei weiteren Bieren und drei weiteren Zigaretten eine Stunde später heim. Der Niederschlag hatte sich verstärkt und Mark kam mit nassen Sachen zu Hause an. Zu seiner Überraschung war Veronika noch nicht im Bett. Als er hereinkam, schaltete sie den Fernseher aus.

„Ist alles in Ordnung mit Dir?", fragte sie mit ernster Stimme.

„Na klar, mir geht es wieder gut. Aber ich muss jetzt erst einmal eine heiße Dusche nehmen". Mit diesen Worten verschwand er ins Badezimmer.

„Du warst über eine Stunde weg. Ich habe mir Sorgen gemacht!", sagte Veronika durch die geschlossene Tür. Er öffnete sie halb und versuchte, Veronika zu beschwichtigen: „Es ist bei der Arbeit einfach sehr viel momentan. Wahrscheinlich habe ich deswegen so oft Kopfschmerzen und einfach keine Muße für andere Dinge."

Mark schaute ihr dabei fest in die Augen und ließ dann seine Worte wirken. Veronika nickte verstehend und streichelte seine Wange. Dann ließ sie ihn in Frieden und er schloss die Tür wieder. An diesem Abend fiel kein Wort mehr über Zahlen.

Desaster

Ohne etwas erwidern zu können ertrug Mark den Wortschwall. Er räusperte sich, um etwas zu sagen. Aber stattdessen blieb er stumm.

Die Situation kam ihm vor wie ein schlechter Traum, aber er wusste, dass alles real war. Sein Herz pochte wie wild, so wie es noch nie geschlagen hatte. Selbst bei einem Dauersprint würde es nicht so hämmern wie jetzt. Gleichzeitig waren seine Hände kalt wie Eis, obwohl es draußen keine Minusgrade hatte.

Sein Blick schweifte ins Leere und versuchte, sich irgendwo festzuhalten. Er schaute auf das Fenster, auf den Fenstergriff und suchte irgendetwas interessantes daran. Aber es war nur ein Fenstergriff – silberfarben, funktional, langweilig. Einzig sein Gehör war fokussiert wie bei einem Raubtier: es hörte jeden Laut aus dem Mund von Kerstin. Sie hätte auch im Nebenraum sitzen können und er würde trotzdem jeden Laut verstehen. Dabei vernahm er zwar die Wörter, aber sein Gehirn konnte deren Sinn nicht begreifen. Stattdessen klammerte sich sein Verstand an die Vergangenheit, an die Situation vor der Unterredung mit Kerstin.

Er war mit einem wunderhübschen und aufregenden Menschen zusammen gewesen. Sie studierte genau wie er. Auf Grund ihrer sehr wohlhabenden Eltern wurde es ihr etwas leichter gemacht als den meisten Kommilitonen, was das Leben neben der Hochschule anging. Und er wusste sicherlich nicht alles aus ihrem Leben. Das hatte ihm aber nichts ausgemacht, denn man muss ja auch nicht jedes noch so kleine Detail über die Partnerin wissen, oder?

Wieder räusperte er sich, ohne etwas zu sagen. Er bewegte seine Finger, wie um zu testen, ob noch Blut darin floss. Langsam hob er den Blick leicht an und schaute aus dem Fenster. Es gab aber nichts da draußen, was seine Gedanken ablenken konnte. Keine Bewegung und kein Geräusch buhlten um seine Aufmerksamkeit. Seine Augen wanderten nach rechts zu Kerstin: Sie saß da und sagte nun nichts mehr. Ihr Blick lag wie gebannt auf ihm. Er wandte sich ab und schaute wieder zum Fenster.

Sein Verstand war noch dabei die Informationen zu sortieren, aber Kerstin machte Anstalten zu gehen. Sie sagte etwas und stand auf. Waren es Worte der Entschuldigung oder des Mitleids? Mechanisch stand auch Mark auf und geleitete seine neue

Exfreundin zur Tür. Ein leises „Tschüss" war das letzte Wort von ihr. Dann drehte sie sich um und ging. Er sah ihr nach und sein Blick glitt über ihre dunkle Jacke und den schwarzen Rock, den sie heute trug. Ihre Schritte verhallten im Treppenhaus und er hörte wie die schwere Eingangstür unten geöffnet wurde. Ganz langsam fiel sie zu und machte dabei ein wummerndes Geräusch, welches durchs ganze Treppenhaus widerhallte. Dann war es still!

Mark stand immer noch da und starrte auf die Stelle wo sie vor ein paar Sekunden noch gewesen war. Sein Autopilot schloss die Wohnungstür und er setzte sich auf das kleine, gebrauchte Sofa in seinem Zimmer. Der Geruch von Kerstins Parfum war noch schwach wahrzunehmen. Wieder suchte sein Blick halt an etwas sinnvollem. Sein Herz raste noch immer, obwohl er selbst ganz ruhig war. Auch seine Hände waren immer noch kalt. Viele Bilder schossen durch seinen Kopf und sein Verstand konnte diese Flut an Eindrücken nicht verarbeiten.

Eine ganze Zeit saß er reglos so da. Irgendwann später kam Benjamin nach Hause. Dieser schien gut gelaunt und verursachte Lärm beim Ablegen seiner Jacke und seines Schlüsselbundes. Mark bemerkte erst jetzt, dass es draußen dunkel geworden war. Vorhin hatte er draußen noch Tageslicht gesehen, jetzt waren in den umliegenden Häusern viele Lampen angeknipst worden. Wie betäubt saß er immer noch genauso da und wagte nicht, sich zu bewegen. Die ganze Zeit über versuchte er das Geschehene zu verarbeiten. Eigentlich wollte er dabei allein sein und konnte keine Nähe ertragen. Auch nicht die Nähe seines besten Freundes und Wohnungsgenossen. Benjamin hatte inzwischen sein Zimmer betreten und sein Lächeln fror ein, als er Mark dort im Halbdunkeln sitzen sah.

„Alles in Ordnung?", fragte er überflüssigerweise. Aber die Antwort von Mark war seine Apathie. Benjamin setzte sich geräuschvoll neben ihn. „Es ist etwas mit Kerstin, oder?", fragte er.

Allein die Erwähnung ihres Namens verursachte einen fast physischen Schmerz bei Mark. In Zeitlupe drehte er seinen Kopf und deutete ein Nicken an. Er nahm Benjamin wahr und auch doch nicht. Zumindest merkte er, dass Benjamin ihn sorgenvoll anstarrte.

„Ich lass Dich in Ruhe, Mark. Wenn Du reden willst, ich bin nebenan!"

Mark nickte und starrte wieder geradeaus. Er war Benjamin für diese Geste sehr dankbar und wusste nicht, ob er jetzt schon darüber reden konnte. Durch sein Schweigen hatte er schon das wesentliche gesagt. Aber momentan war er einfach nicht in der Verfassung jetzt sofort sein Herz aus zu schütten. Er wollte nur allein sein. Die Antarktis erschien ihm jetzt als ein begehrenswerter Aufenthaltsort. So blieb er noch eine ganze Weile dort sitzen, immer noch mit klopfendem Herzen.

Draußen war jede natürliche Helligkeit verschwunden. Benjamin war nebenan und gab ab und zu Geräusche von sich. Langsam erwachte Mark aus seiner Starre, obwohl er nicht geschlafen hatte. Vielmehr war er nun wieder Herr über seinen Körper. Er nahm die Sachen aber anders wahr: Wie in einem Traum schienen Geräusche und Eindrücke länger zu benötigen, um in seinem Gehirn anzukommen. Fast so, als wenn er in einem Vollrausch war. Er ging in den Flur, zog sich Schuhe und seine Jacke an und nahm seine Schlüssel. Dann hörte er sich sagen, dass er „mal raus" müsse. Für drei Sekunden war kein Geräusch zu hören, dann nur ein „Okay" von Benjamin.

Unten angekommen befreite Mark sein Fahrrad von einem schweren Schloss und setzte sich auf den Sattel. Seine Umgebung wirkte auf einmal fremd, aber das mag auch an der Schwärze gelegen haben, die ihn umgab. Trotz der Dunkelheit war es nicht kalt, sondern eher schwülwarm. Die Hitze des Tages nahm langsam ab.

Er fuhr auf die Straße und der Fahrtwind war wie Balsam für seine Seele. Durch den Luftstrom in seinem Gesicht konnte er etwas klarer denken. Er passierte Autos, Fußgänger, Straßenschilder und alles floss wie in einem Guss an ihm vorbei. Sein Verstand war aber nicht beim Verkehr, sondern immer noch bei dem Gesicht und der Stimme von Kerstin. Erinnerungen an schöne Zeiten kamen hoch: das erste Kennenlernen, das Flirten, der erste Kuss, der erste wundervolle Sex. Alles kondensierte sich zu einer Melange aus wehmütigen Erinnerungen. Plötzlich fiel ihm auf, dass sein Fahrrad den Weg zu Kerstins Wohnung nahm. Er änderte abrupt die Richtung und fuhr einfach ziellos weiter.

Seine Gedanken schlugen nun auch eine andere Richtung ein: Waren es bisher nur das Schwelgen in süßen Bildern der Vergangenheit und das nicht wahr haben wollen der Tatsachen, so erwachte der Zorn in ihm.

Unmerklich trat er stärker in die Pedale und nahm an Geschwindigkeit zu. Er stellte sich den Mann vor, der jetzt die Nummer Eins in Kerstins Leben war. Und er wünschte sich die Möglichkeit diesen Mann jetzt zu treffen und ihn zu schlagen. Immer wieder wollte er ihn ins Gesicht schlagen, so dass dessen zweifellos attraktives Gesicht zerstört würde. Oder sollte er lieber Kerstin schlagen? Nein, so etwas macht man nicht. Immerhin arbeitete sein Verstand noch so viel, dass er diese Möglichkeit gar nicht in Erwägung zog.

Er war jetzt im Osten der Stadt angekommen, wo das Industriegebiet lag. Die meisten Anlagen hier waren menschenleer und Büros und Fabrikgebäude geschlossen. Immer noch fuhr er mit hohem Tempo durch die Straßen. Könnte er nicht ewig so weiterfahren? Dann müsste er sich nicht erklären, er könnte seinen Schmerz einfach mitnehmen und sich an seinem eigenen Leid ergötzen. Der verlassene Mark! Der betrogene Mark! Mark der Verlierer! Wieder zog eine Welle des Zorns durch seinen Körper!

Dann auf einmal nahmen seine Gedanken wieder eine Wendung: er würde Kerstin niemals wiedersehen. Sie hatte jetzt jemand anderen und würde ihm keine Träne nachweinen. Das hatte sie vorhin auch nicht gemacht. Stattdessen lag sie in diesem Moment vielleicht in den Armen ihres neuen Lovers. Vielleicht schliefen sie gerade jetzt miteinander?

Was sollte er nun machen? Er hatte keinen genauen Lebensplan, so wie Benjamin ihn hatte. Irgendwie hatte er gehofft, nach dem Studium mit Kerstin zusammen zu wohnen. Vielleicht ein Job, eine Wohnung für beide und ein gemeinsames Leben. So richtig im Detail hatte er das gar nicht mit ihr besprochen – für ihn war es eine logische Konsequenz gewesen. Aber jetzt stand er mit leeren Händen da. Niemand interessierte sich für sein Schicksal. Vor allem Kerstin nicht. Er war plötzlich allein und wollte dies nicht. Ihm kam in den Sinn, am morgigen Tag aufzustehen mit der Gewissheit, dass es jetzt keinen Sinn mehr hatte, das Studium zu beenden. Warum sollte er sich bemühen einen Job zu finden? Wozu? Für wen? Damit er dann allein in eine Wohnung einziehen könnte? Allein Urlaub machen? Allein jeden Abend vor dem Fernseher sitzen und sich eine Wampe anfressen?

Die negativen Gedanken schossen ihm durch den Kopf und er war sich der Sinnlosigkeit seiner Existenz bewusst. Wie durch einen Schleier bemerkte er, dass er inzwischen auf der Landstraße 17 angekommen war. Hier gab es nun keine Fahrradwege mehr. Ab und zu erhellte eine Straßenlaterne die Gegend, aber dazwischen war nur gähnende Leere. Das gelbe Auto hörte er sehr wohl, aber er sah es nicht bewusst. Es war alles so weit weg. Selbst als er aufprallte passierte das gar nicht ihm. Es passierte einem Körper, den er von außen betrachtete. Die kurze Flugphase nahm er mit einer gewissen Faszination wahr. Er flog wie in Zeitlupe und dachte dabei an Kerstin, wie sie ihm zulächelte. Sie hatte wunderschöne Augen und wenn sie lächelte, dann konnte sie praktisch in das Herz von Mark hineinlächeln. Dazu musste sie gar nichts sagen. Er konnte nichts tun, außer selbst zu grinsen und verspürte den Drang, sie in die Arme zu nehmen. Er wusste nicht, ob er in dieser Sekunde selbst lächelte oder es nur dachte. Dann sah er plötzlich nichts mehr.

Offenbarung

Sehr plötzlich wurde die Bürotür aufgerissen und Mark fuhr erschrocken zusammen: Die hübsche Auszubildende Lena stand vor ihm und nahm eine aggressive Pose ein. Dabei war ihr Gesicht eine Mischung zwischen Zorn und Trauer. Mit lauter Stimme bellte sie Mark an: „Du hast gelogen!"

Er war wie vom Donner gerührt und überlegte fieberhaft, was der Grund dafür sein könnte. Gleichzeitig versuchte er, sich wieder zu fangen und äußerlich ruhig zu bleiben.

„Ich habe keine Ahnung wovon Du redest!", gab er sich unschuldig. Ließ ihn sein Gedächtnis im Stich? Er hatte doch gar nichts gemacht! Letzte Woche hatte er es geschafft, ein Date mit Lena am Abend zu bekommen. Sie gingen in eine schöne Cocktailbar und Mark hatte das Gefühl gehabt, ihr näher zu sein. Sie redeten über alles Mögliche und dann hatte die Auszubildende ihm erzählt, dass es gerade nicht so gut lief mit ihrem Freund. Das hatte sie ihm nach zwei hochprozentigen Drinks anvertraut. Mark spielte den verständnisvollen Zuhörer und ließ sie ihr Herz ausschütten. Dabei hatte er vor seinem geistigen Auge vor Freude in die Hände geklatscht. Aber die Sache war noch zu frisch, so dass er der Sache noch etwas Zeit einräumen wollte. Später verabschiedete er sich von ihr nur mit einem harmlosen Kuss auf die Wange.

Nun stand dieselbe Person vor ihm und ihr Gesicht wirkte weder hübsch noch zutraulich.

„Die werden mich nicht übernehmen! Jetzt bin ich noch sechs Wochen bis zur Prüfung hier und danach arbeitslos!", platzte es aus Lena heraus.

Mark hob abwehrend die Hände: „Das tut mir echt leid, Süße! Ich hatte Dir ja schon gesagt, dass dieses Jahr niemand einen Festvertrag bekommt."

„Ja, aber Du hast überhaupt nicht versucht, mich als Projektassistentin zu bekommen!"

Mark war irritiert! Zwar hatte sie Recht, aber woher konnte sie das wissen? Sie schien seine Frage zu ahnen: „Jenni hat es mir gesagt!", trompetete die Rothaarige.

„Welche Jenni?"

„Jennifer Richter - die Auszubildende, die gerade in der Personalverwaltung sitzt und mit der ich jeden Mittag zusammen esse."

Mark kratzte sich am Kinn. „Vielleicht ist mein Antrag noch zur Entscheidung?"

„Du Arschloch!", fauchte Lena. „Du hast mir nur Mist erzählt!" In ihren Augen bildeten sich Tränen der Wut. Fast stampfte sie mit dem Fuß auf: „Da gab es gar keinen Antrag von Dir und das ist sicher! Du kannst mich mal!!"

Ohne Vorwarnung gab sie ihm eine schallende Ohrfeige. Mark war mehr von der Absicht von Lena erschrocken als vor der eigentlichen Tat und spürte überhaupt keinen Schmerz. Vielleicht hatte sie gehofft, dass er eine Reaktion zeigte, aber die kam nicht. Also stapfte die junge Frau davon und knallte die Tür zu.

„Auweia", dachte Mark, „Wie gut das die bald weg ist!"

Er blies die Backen auf und hoffte, dass die lautstarke Konversation nicht zu viele Mithörer hatte. So eine Szene bei der Arbeit konnte er nicht gebrauchen. Sehr schade um die Kleine – ihre roten Haare hatten es ihm angetan. Er grunzte unzufrieden. Dann sollte es halt nicht sein! Zu blöd, dass das mit dem

Antrag herausgekommen ist. Warum hat diese blöde Kollegin das auch erzählt? Hat die schon einmal etwas von Datenschutz gehört??

Verärgert über diese Szene und die peinliche Situation brauchte er jetzt etwas, um sich wieder aufzurichten. Und natürlich kam ihm sofort eine Idee, um von den negativen Gedanken von eben abzulenken. Er wählte die Nummer von Astrid und hoffte inständig, nicht gleich ihren Anrufbeantworter zu hören. Beim dritten Klingeln vernahm er ihre Stimme und war unheimlich erleichtert. Jetzt musste sie nur noch Zeit haben.

„Hallo, Frau Fuhrmann", begann er das Gespräch. „Wie geht es Ihnen heute?"

„Hallo Herr Kessler", erwiderte sie. „Mir geht es sehr gut! Ich wollte Dich sowieso treffen."

Das klang wie Musik in seinen Ohren. Ihre Stimme klang förmlich. Mark vermutete, dass sie nicht allein war. Wobei… dann hätte sie ja nicht ein Treffen erwähnt.

„Wie wäre es mit einem schönen Date bei Dir in der Wohnung? Direkt nach Feierabend??"

„Lass uns stattdessen bitte etwas trinken gehen", schlug Astrid stattdessen vor.

„Klar, ich hole Dich kurz nach halb Sechs ab!"

Er gab ihr absichtlich noch etwas Zeit, sich vor dem Treffen zurecht zu machen. Sie kleidete sich dann immer besonders schick und das gefiel Mark sehr. Später in ihrer Wohnung würde er dann über sie herfallen.

„Ich muss noch vorher etwas besorgen. Lass uns einfach in unserer Bar treffen, so gegen Sechs Uhr!"

„In Ordnung!", entgegnete er.

Sie beendete das Gespräch und Mark rieb sich zufrieden die Hände. Der Ärger von vorhin war vergessen und er freute sich darauf, einen genussvollen Abend mit einer schönen Frau zu verbringen.

Ungeduldig sehnte Mark die vereinbarte Zeit herbei. Wie so oft hatte er wenig zu tun, um die Minuten sinnvoll zu überbrücken. Also ging er raus zum Rauchen. Es war unangenehm kalt draußen, gefühlt waren es Temperaturen um den Gefrierpunkt herum. Mark zog die Jacke enger und atmete tief ein und aus. Er rieb sich die Hände und beobachtete die zahlreichen Wolken am Himmel.

Im Büro kümmerte er sich um ein paar notwendige Pflichtaufgaben, ohne große Lust. Nach einer gefühlten Ewigkeit später zeigte der dicke Zeiger nach unten rechts und Mark machte erleichtert Schluss. Er würde Veronika erzählen, dass er wieder Überstunden leisten musste – damit hatte er ein überzeugendes Alibi.

Im Waschraum checkte er kurz sein Äußeres und machte sich dann zufrieden auf den Weg zum Auto. Die Fahrt dauerte nicht lange und er kam dann pünktlich in der Bar an. Dort war um diese Uhrzeit nichts los, weil die erst kurz vorher aufgemacht hatten.

Gespannt setzte er sich an Tisch 20 in der Ecke. Von dort aus konnte er alles gut überblicken. Er bestellte sich ein Bier und trommelte ungeduldig mit den Fingern auf die Tischplatte.

Endlich kam Astrid ein paar Minuten später zur Tür herein. Sie trug eine Bluse, einen knielangen Rock und High Heels. Ihr ganzes Outfit war in Lila gehalten und war genauso auffällig wie attraktiv. Allein ihr Anblick sorgte dafür, dass Mark lächeln musste und leicht erregt wurde. Nach ein paar Sekunden entdeckte sie ihn. Allerdings lächelte sie nicht, wie er es vermutet hätte. Stattdessen regte sich gar nichts in ihrem Gesicht. Spätestens in dieser Sekunde wusste Mark, dass irgendetwas nicht in Ordnung war. Als sie näher kam und sich setzte blieb der übliche Kuss auf die Wange aus. Stattdessen legte sie ohne Umschweife gleich los: „Wir können uns nicht mehr treffen!"

Ein Schlag mit Thors Hammer auf Marks Kopf hätte weniger Effekt auf seinen Gemütszustand gehabt. Geschockt schnappte er nach Luft. Während sie redete, schien es für Mark so, als hätte sie ihre Worte schon vorher sorgfältig überlegt. Sie knetete ihre Finger und wirkte nervös. Marks Gesicht war ausdruckslos, aber innerlich war er erschlagen. Er schluckte und versuchte Fassung zu gewinnen. Mit halbwegs normaler Stimme brachte er nur ein „Warum?" hervor.

„Ich habe jemanden kennengelernt."

Wieder ein Hammerschlag! Die arbeitet doch immerzu und lässt sich in ihrer Freizeit von mir vögeln! Wann hat die noch Zeit, Leute zu treffen?, ging es Mark durch den Kopf.

„Wer ist es?"

„Das tut doch nichts zur Sache. Er mag mich und ich mag ihn."

„Aber Du kennst ihn doch gar nicht. Vielleicht ist er ein Langweiler und eine Niete im Bett."

Mark überlegte: Hatte ihr Ex etwa ange-klopft?

Astrid presste die Lippen zusammen. Sie hatte sich dezent geschminkt und sah um-werfend aus. Sie trug heute ein herbes Parfum, welches ihn in der Nase kitzelte. Wollte sie beim letzten Treffen besonders attraktiv wirken? Wenn das ihr Plan war, dann hatte sie es geschafft.

„Hast Du schon mit ihm geschlafen?"

Eifersucht blitzte in Marks Gedanken auf. Astrid gehörte ihm – nur er wusste, wie man sie zu nehmen hatte.

„Noch nicht. Aber ich hätte es tun kön-nen."

Tief in ihm wusste er, dass sie Recht hat-te. Was hätte sie daran hindern sollen? Und begehrenswert war sie allemal. Er konnte keinen Anspruch auf sie geltend machen. Schließlich hatte er sich nie darum bemüht, mit Veronika Schluss zu machen. Merkwürdi-gerweise kam ihm das auch jetzt nicht in den Sinn. Warum eigentlich nicht?

Wieder begann sie zu sprechen: „Ich woll-te Dir das lieber persönlich sagen. Das ist nur fair, wo wir uns schon so lange kennen." Sie seufzte und es trat wieder eine kleine Stille ein. Der ansonsten so wortgewandte

Mark blieb still und wusste nicht Recht, was er als nächstes sagen sollte.

Er klammerte sich an einen Strohhalm: „Wir können uns doch weiterhin treffen. Dann hast Du doppelt Spaß!", versuchte er es noch einmal. Vielleicht konnte er ihr etwas geben, was der andere nicht vermochte?

„Echt jetzt?", erwiderte Sie mit gerunzelter Stirn. „Ich sage Dir gerade, dass ich vor einer Beziehung stehe. Dafür möchte ich frei sein und nicht mit einer Lüge anfangen."

Ihre Stimme war leicht schärfer geworden und Mark erkannte, dass sein Vorschlag nicht den erwünschten Effekt hatte. Verzweifelt fühlte er seine Felle davon schwimmen und war hilflos gegenüber diesem Verlust.

„Hör zu, ich will es nicht in die Länge ziehen. Ich hoffe Du verstehst es und wirst nicht zum Stalker oder so."

Astrid hatte noch nicht einmal ihre Jacke ausgezogen und stand jetzt auf. „Mach's gut", waren ihre Worte zum Abschied. Sie schenkte ihm einen letzten Blick und marschierte dann aus der Bar. Mark saß noch immer da und fand weder richtige Gedanken noch passende Worte für eine Verabschiedung. Die Tür schloss sich hinter ihr und dann war sie endgültig weg.

Ihm gingen jetzt viele Dinge gleichzeitig durch den Kopf: Sollte er dem anderen vor Ihrer Wohnung auflauern und verprügeln? Darauf hatte er richtig Lust! Oder sollte er es noch einmal bei Astrid versuchen? Mit Blumen und Geschenken aufwarten?? Irgendwie hatte er das Gefühl, dass keine Aktion sie zurückbringen würde. Dann fiel ihm wieder der Vorfall mit Lena ein. Der heutige Tag war verhext! Mark beschloss, den Ärger herunter zu spülen und bestellte sich ein weiteres Bier.

Eine Stunde später hatte Mark einen glasigen Blick. Mittlerweile hatte er zwei weitere Biere und einen Schnaps getrunken aber nichts gegessen. Er fühlte sich noch einigermaßen unter Kontrolle und erleichterte sich im WC. Die Bar war nun recht gut gefüllt und die Gespräche, das Gelächter von Menschen, Geräusche aus der Küche, Bewegungen und die Hintergrundmusik verschwammen zu einer Melange aus Lärm. Er zahlte seinen Alkohol und verschwand in die kühle Nacht. Es hatte angefangen zu nieseln und Mark fuhr nach Hause.

Während der Fahrt dachte er an die vielen Momente mit Astrid, die er erlebt hatte. Ihm fiel auf, dass er ihr nie etwas geschenkt hatte. Höchstens mal ein Abendessen oder Drinks aber nie etwas Echtes von Wert und Dauer. Er sah ihr Gesicht vor sich, wie sie ihn anlächelte, wie sie seinen Körper liebkoste, wie sie lachte, wenn er sie kitzelte.

Fast hätte er den Fahrradfahrer übersehen, der den Zebrastreifen kreuzte. Mark bremste scharf und ließ vor Schreck fast seine Zigarette fallen. Kurz vor dem Mann brachte er seinen Wagen zum Halt. Der Radfahrer erschreckte sich und gestikulierte wild. Mark ließ ihn passieren und fuhr mit quietschenden Reifen an.

Zu Hause angekommen war er immer noch wütend. Er dachte sich Situationen aus, wo er den neuen Lover von Astrid mit einem Stock malträtierte. Gedankenverloren öffnete er seine Wohnungstür. Zu seiner Überraschung stand auf einmal Veronika vor ihm. Noch benommen von den Eindrücken des Tages und leicht beschwipst nahm er trotzdem sofort wahr, dass auch hier Ärger anstand. Sie hatte rote Augen und als sie den Mund öffnete, rann eine Träne ihre Wange herunter: „Ist es wahr, was ich von Marit gehört habe?"

Die nächsten Minuten gingen wie in Trance an ihm vorbei. Veronika stand die ganze Zeit vor ihm und erzählte Mark von dem Telefonat, welches sie mit Benjamins Freundin geführt hatte. Sie berichtete mit stockender Stimme wie Marit die Geschichte vom gemeinsamen Anstoßen auf dem Sofa Benjamin erzählt hatte, der wohl vor Wut einen Stuhl kaputt gehauen hatte. Mark schloss die Augen: Da hatte er sich einmal nicht zurückgehalten und jetzt wurde diese kleine Szene nun groß aufgebauscht. Es war doch gar nichts passiert! Aber als er das schließlich sagte, wurde Veronika richtig aggressiv. So hatte er sie noch nie gesehen. Sie beschimpfte ihn laut und weinte dabei vor Zorn. Ihre Wut war wie ein Schild um sie herum und Mark wagte nicht, ihr näher zu kommen.

„Geh!", sagte sie dann einfach. „Ich möchte Dich nicht mehr sehen!"

Anscheinend war Thor in Stimmung gekommen, denn das war der nächste Hammerschlag. Verdutzt fragte Mark: „Wo soll ich denn hin?"

„Das ist mir egal. Geh jetzt! Sofort!!" Sie machte die Tür auf und ein paar Sekunden später stand er vor seiner eigenen Wohnung. Er hörte noch, wie sie von innen abschloss und den Schlüssel stecken ließ. Jetzt stand er da wie bestellt und nicht abgeholt.

Er hatte noch nicht einmal frische Sachen mitnehmen können.

Der Regen hatte sich in einen Schneeregen verwandelt und die Straßenlampen kamen kaum gegen das tiefe Schwarz der Nacht an. Marks Körper fühlte sich wund an, als er in sein Auto stieg. Als hätte ihm der Donnergott mit seinen Fäusten den Rest gegeben. Er steckte den Schlüssel ins Zündschloss aber schaltete den Motor nicht ein. Stattdessen rasten die Eindrücke des heutigen Tages durch sein Gehirn.

Eine gefühlte Ewigkeit verstrich, ohne dass Mark schlauer wurde. Wo sollte er jetzt hinfahren? Er kam sich vor wie ein Hund, den sein cholerisches Herrchen verprügelt hatte. Mark war nun dieser Hund, der nicht in seine Hütte zurück konnte. Zwar winselte er nicht, aber es war ihm danach zumute.

Zum ersten Mal in seinem Leben war Benjamin keine Hilfe für ihn. Zu seinen Eltern wollte er auch nicht. Diese Blöße wollte er sich sparen. Zur Beruhigung steckte er sich eine Zigarette an und nahm einen tiefen Zug. Wie eine selbst erfüllende Prophezeiung bekam er nun in Wirklichkeit Kopfschmerzen. Mit den Fingern massierte er seine Schläfen und spürte das Blut in seinen Adern pulsieren.

Nachdem er die Zigarette aus dem Auto warf, schraubte er kurzerhand den Fahrersitz nach unten und nahm seine Jacke als Decke. So gut es ging richtete er sich im Wagen ein. Die Gesichter von Astrid und Veronika schwirrten in seinem Kopf herum. Was war nur heute passiert? Sein Verstand konnte nicht begreifen, dass er an einem Tag alles verloren hatte. War wirklich er das gewesen, der das alles erlebt hatte?

Der Alkohol in seinem Blut sorgte dafür, dass er trotz der Kälte nach einer halben Stunde in einen sehr unbequemen Schlaf fiel.

Neubeginn

Sanft öffnete Mark die Augen und blickte in das besorgte Gesicht seiner Mutter. Darin konnte er viele Emotionen erkennen. Sorge, Erleichterung, Trauer, Angespanntheit – alles kam irgendwie zusammen.

„Mama!", sagte er erstaunt.

Das Gesicht seiner Mutter erhellte sich und sie lächelte nun.

„Wie geht es Dir?"

„Ganz gut glaube ich. Habe nur Schmerzen im Schädel", entgegnete er.

Langsam nahm er seine Umgebung wahr: Offensichtlich war er in einem Krankenhaus. Der Geruch von Desinfektionsmitteln und Medizin umgab ihn. Aber wieso?

Dann kam ihm die Erinnerung an den Fahrradunfall. Und mit einem Schlag war auch Kerstin wieder in seinem Kopf. Aber irgendwie kam ihm die Erinnerung an seine Freundin – nein, seine Exfreundin – wie aus einer fernen Vergangenheit vor. Er fühlte keinen geistigen Schmerz mehr. Als wäre er im Gehirn taub gegenüber Kerstin geworden. Seine körperlichen Schmerzen waren dagegen echt und sorgten für ein Unbehagen.

Stöhnend versuchte er sich aufzusetzen.

„Ganz langsam, junger Mann", sagte eine fremde Stimme.

Sanfte Hände drückten ihn zurück ins Bett. Eine Krankenschwester schenkte ihm ein Lächeln. Sie hatte ein hübsches Gesicht und war wohlgenährt. Mark versuchte ebenfalls zu lächeln, aber dabei kam nur eine Grimasse heraus.

„Du musst Dich schonen!", sagte seine Mutter.

Er wandte sich wieder ihrem vertrauten Gesicht zu. Sie umfasste seine Hand und drückte sie kräftig. Ihre Erleichterung war ihr deutlich anzumerken.

Sie erzählte ihm, dass er sechs Tage im Koma gelegen hatte. Letzte Nacht war dann irgendetwas passiert und die Ärzte hatten vermutet, dass er heute aufwachen würde. Den ganzen Tag schon hatte sie am Bett gesessen und war überglücklich nun wieder mit ihrem Sohn sprechen zu können.

Ein paar Minuten später gesellte sich noch sein Vater dazu. Er hatte unten gesessen und war genauso glücklich wie seine Frau, seinen Sohn im wachen Zustand zu sehen.

„Mein Junge", sagte er immer wieder.

Normalerweise hätte Mark sich über so viel Fürsorge gefreut, aber er fühlte sich sehr schwach und wollte allein sein. Die Eltern verabschiedeten sich und versprachen ganz früh am nächsten Morgen wieder zu kommen. Mark dankte artig und als er allein war schlief er schnell ein.

Am nächsten Morgen fühlte sich Mark wie neu geboren: Schmerzen empfand er gar keine mehr und das taube Gefühl im Körper war auch verschwunden. Der Chefarzt erklärte ihm, dass er großes Glück gehabt hätte. Während der komatösen Phase sah es nicht gut aus, aber vorletzte Nacht seien auf einmal wie durch ein Wunder alle Werte besser geworden. Er müsse noch ein paar Tage zur Beobachtung dort bleiben als reine Vorsichtsmaßnahme.

Mark fühlte sich kräftiger und nahm jetzt erst so richtig das Krankenzimmer und die Einrichtung war. Bis auf ein paar Blumenbilder mit viel Grün waren keine Farben im Zimmer. Die obligatorischen Konsolen waren hinter den Betten. Stühle für die Besucher standen bereit. In der Ecke war noch ein kleiner Tisch. Oben thronte ein alter Fernseher. Es wirkte alles ruhig und friedlich. Mark wäre am liebsten nach der Visite aufgestanden, so viel besser fühlte er sich. Die Krankenschwester mahnte ihn dazu, es nicht zu übertreiben. Überhaupt: Sie war irgendwie süß, fand Mark. Zudem war sie auffallend oft in seiner Nähe und Mark wunderte sich, ob überhaupt noch andere Patienten da waren, die sie betreuen musste. Seine solitäre Einrichtung änderte sich kurz nach dem Frühstück, als ein älterer Mann in sein Zimmer 19 hereingerollt wurde. Er schien zu schlafen, so dass Mark keine Konversation machen konnte.

Dann tauchte plötzlich Benjamin auf: „Mann, Du siehst ja gut aus! Bin ich froh, Dich zu sehen!" Sein Freund tätschelte ihm die Schulter und nahm dann auf einem einfachen Holzstuhl neben dem Bett platz.

Sie unterhielten sich eine Weile und Benjamin fragte, was passiert sei. Aber so richtig konnte sich Mark gar nicht erinnern. Überhaupt waren alle seine Erinnerungen merkwürdig schleierhaft. Er hatte keinen Gedächtnisverlust, aber es kam ihm alles so weit entfernt vor. Als hätte er das ganze nur wie in einem Film gesehen und nicht selbst erlebt.

Seine Gedanken behielt er für sich und forderte stattdessen Benjamin auf zu erzählen. Der erzählte von den Prüfungen, die Mark nun nachholen musste und wie es Marit ging. Irgendwann kam das Thema auf Kerstin zu sprechen und Mark hörte sich sagen, dass sie Schluss gemacht hatte. Benjamin war nicht sonderlich überrascht, denn er hatte es schon geahnt. Er öffnete den Mund, als ob er etwas sagen wollte, blieb aber stumm. Eine bedrückende Stille trat ein.

Mark wunderte sich über sich selbst: Er fühlte zwar einen gewissen Schmerz, aber diese Emotion wurde durch Wut übertüncht. Wut über die Zurückweisung durch Kerstin! Viel leichter als gedacht konnte er diese starken Gefühle beiseite schieben, die komplett durch Hass ersetzt wurden. Es war als hätte sein Unterbewusstsein jetzt schon mit Kerstin abgeschlossen.

Benjamin räusperte sich. Er hatte seine Stimme wiedergefunden und versprach, die Mitschriften aus den Vorlesungen vorbei zu bringen. Mark dankte ihm, verspürte aber gar keine Lust, sich in die Arbeit zu stürzen.

„Ich muss dann mal wieder", verabschiedete Benjamin sich. Er lächelte Mark zu und verließ dann schnellen Schrittes das Zimmer.

Es war nun wieder still und Mark schaute auf den Mann neben sich. Von dem sah er nur den Hinterkopf und auch dieser war durch einen Verband nicht wirklich zu erkennen. Achselzuckend überlegte Mark, was er nun machen sollte.

In diesem Moment kam die Krankenschwester ins Zimmer. Sie lächelte Mark an und machte sich an den Instrumenten zu schaffen. Mark musterte sie: Sie trug eine weiße Hose und ein weißes Oberteil, dazu weiße Schuhe. Ihre Figur war nicht schlank, aber dafür war ihr Gesicht wirklich sehr hübsch anzusehen. Es wurde von dunklen Haaren umrahmt, die von einem Pferdeschwanz gezähmt wurden.

„Na, haben Sie viel zu tun?", sprach er sie einfach an.

„Heute geht es."

„Was ist mit ihm?". Er deutete auf den Mann neben sich.

„Oh, Unfall mit Kopfverletzung. Mehr darf ich gar nicht sagen."

„Ziemlich stiller Typ."

Eigentlich war das keine witzige Bemerkung, aber die Krankenschwester lächelte trotzdem.

„Sie sind sehr hübsch!"

Anscheinend bekam die junge Frau selten Komplimente, denn sofort wurde ihr Gesicht feuerrot. Bei ihrem hellen Teint fiel das schnell auf.

„Danke!", erwiderte sie mit einem strahlenden Lächeln.

„Wie ist Ihr Name?", wollte er wissen.

„Ich heiße Veronika".

„Das ist ein schöner Name!", sagte Mark und grinste wie ein Haifisch.

Epilog

In aller Seelenruhe pulte Mark das Emblem der Bierflasche vor ihm ab. Im Hintergrund lief irgendein Popsong, den er nicht kannte. Er musste aufstoßen und kratzte sich am Bauch. Es stank nach Bier und nassen Klamotten. Langsam ließ er seinen Blick durch die Bar wandern, aber es waren nur die üblichen Leute da. Der Typ am Automaten, der mechanisch auf die Knöpfe drückte. Und der andere mit der hohen Stirn, der immer die Boulevardzeitung las.

Letzten Freitag war er mal wieder in einem Striplokal gewesen. Das hatte ihm gefallen, aber die Getränke dort waren sehr teuer gewesen. Das konnte er nicht jedes Wochenende machen. Auch die abendlichen Besuche in seiner neuen Stammkneipe waren auf Dauer zu kostspielig. Andererseits war es ihm alleine zu Hause zu langweilig.

Nach seinem Umzug wohnte er jetzt zentral in der Stadt. Von seiner kleinen Wohnung aus war er in nicht einmal zwei Minuten in der Kneipe. Das war praktisch, aber irgendwie war sein Aktionsradius damit sehr eingeschränkt.

Er war auf Zigarillos umgestiegen und zündete sich eine davon an. Während er einen großen Schluck aus der Flasche nahm, dachte er an den heutigen Tag: Es war tödlich langweilig gewesen. Seine Projekte verzögerten sich und er musste seinem Chef begründen, woran das lag. Das Treffen war nicht angenehm verlaufen und Mark hatte das Gefühl, dass sein Vorgesetzter ihm nicht mehr traute.

Aber das war nicht der eigentliche Grund für Marks Verdruss. Vielmehr war es eine kleine und unscheinbare Begegnung zur Mittagszeit. Er war allein unterwegs und wollte in einem Bistro um die Ecke des Büros essen. Und da saß doch tatsächlich Astrid mit dem Herrn Berthold an einem Tisch. Zwar hielten sie nicht Händchen aber ihre Körpersprache verriet Mark alles, was er wissen musste. Das war also die ominöse Bekanntschaft, von der Astrid gesprochen hatte. Sofort hatte Mark das Weite gesucht und ging ohne zu Essen wieder zurück ins Büro.

Das Gesicht von Astrid ging ihm den ganzen Tag nicht aus dem Kopf. Er hatte nur einen kurzen Augenblick ihre Miene erhaschen können. Sie wirkte so unbeschwert glücklich und zufrieden. Bei der Erinnerung verzog

Mark angewidert das Gesicht und nahm dann den letzten Schluck aus der Flasche.

Schließlich zahlte er und ging heim. Draußen lag Schneematsch und es war bitterkalt. In der Wohnung angekommen, leuchtete der Anrufbeantworter und Mark spielte die Nachricht ab. Es war seine Mutter, die sich nach ihm erkundigte und um einen Rückruf bat. Seine Eltern waren völlig überrascht gewesen und hatten ihre Hilfe angeboten. Mark hatte nur wenig erzählt und es so dargestellt, dass Veronika die Schuldige war. Er löschte die Nachricht und ging in sein kleines Wohnzimmer. Die Möbel für seine neue Behausung hatte er gebraucht gekauft. Nur ein paar wenige Sachen hatte er aus der alten Wohnung mitgenommen.

Er schaltete den Fernseher ein und zappte sich durch das Programm. Auf Kanal 22 lief ein Actionfilm, der schon angefangen hatte; dabei blieb er hängen. Nebenbei öffnete er die Post. Es waren zwei Briefe mit Werbung und einer von Veronika. Das erkannte er sofort an der Handschrift. Die Buchstaben waren rund und mädchenhaft – eigentlich genauso wie Veronika selbst. Er drehte das Kuvert um, aber ihre Adresse stand nicht drauf. Er wusste nicht, wohin sie gezogen war. War ihm eigentlich auch egal.

Das Papier im Umschlag war mehr eine Notiz als ein echter Brief. Sie teilte nur knapp mit, dass sie die Hälfte der Mietkaution der alten Wohnung auf sein Konto überweisen würde. Darunter stand nur ihr Name – mehr nicht.

Seufzend legte er das Papier beiseite und starrte auf den Fernseher. Er wollte sich einen Zigarillo anzünden, aber die Packung war leer. Ihm fiel ein, dass heute ja eigentlich Training gewesen wäre. Er war schon seit vielen Wochen nicht mehr dort gewesen. Nach der Arbeit wollte er nur seine Ruhe haben und konnte sich nicht aufraffen, seine Sporttasche zu packen und zur Turnhalle zu fahren.

Am Wochenende hatte er zufällig Erika und Eymen beim Einkaufen entdeckt. Letzterer hatte einen großen Einkaufswagen geschoben und sie war damit beschäftigt, diesen zu füllen. Eigentlich hatte Mark keine Lust auf Konversation gehabt. Aber er lief den Beiden direkt in die Arme und hatte keine Wahl gehabt. Sie unterhielten sich kurz und Mark fand heraus, dass die beiden jetzt ein Paar waren. Er gab an, am Knie verletzt zu sein. Sein Arzt hätte ihm zu einer Trainingspause geraten. Beide schienen wirklich betroffen davon zu sein. Jedenfalls kauften sie ihm seine Lüge ab und er hatte Ruhe. Eymen leitete das Training in Marks Abwesenheit und er wurde nicht vermisst.

Mark starrte auf das Fernsehbild und nahm erst jetzt wahr, dass Werbung lief. Gedankenverloren schaltete er das Gerät aus und ging ins Bett. Es war ein gebrauchtes Bett und roch leicht muffelig. Bis jetzt hatte noch keine Frau darin gelegen. Er zog die Decke bis zum Kinn hoch und starrte ins Dunkel. Die Geräusche der Innenstadt drangen durchs Fenster, aber das störte Mark nicht. Müde schloss er die Augen. Am liebsten würde er jetzt schlafen und nicht mehr denken müssen. Noch besser wäre, wenn die Schwärze in seinem Kopf für immer anhalten und er gar nicht mehr aufwachen würde.

Stattdessen gingen ihm die Bilder des Tages schon wieder durch den Kopf: Sein Chef mit den hochgezogenen Augenbrauen, das Lächeln im Gesicht von Astrid, der klebrige graue Fußboden in der Bar. Irgendwann schlief er dann ein und wurde von seinen Gedanken erlöst.

Zeitfracht Medien GmbH
Ferdinand-Jühlke-Straße 7
99095 Erfurt, Deutschland
produktsicherheit@kolibri360.de